MoNiKa

Ich danke
Charlotte, die mir die Zeit für
diese Geschichte geschenkt hat,
Arne und Christoph die dafür gesorgt haben,
dass der Schreibteufel
wenig Einfluss auf mein Geschriebenes hat.

Diese Geschichte widmet sich der Liebe
mit ihren unterschiedlichen Facetten.
Das Zusammenleben und Lieben mehrerer
ganz verschiedener Menschen wird
spannend und fantasievoll beschrieben.
Eine nicht ganz klassische Liebesgeschichte.

Die Geschichte und alle Namen sind frei erfunden und jede Ähnlichkeit mit tatsächlichen Gegebenheiten, Orten oder Geschehen ist rein zufällig!

© 2016 **Volker Muskat**

MoNiKa

True Love

*Bibliografische Information der Deutschen Nationalbibliothek:
Die Deutsche Nationalbibliothek verzeichnet diese Publikation in
der Deutschen Nationalbibliografie; detaillierte bibliografische
Daten sind im Internet über http://dnb.dnb.de abrufbar.*

*TWENTYSIX – Der Self-Publishing-Verlag
Eine Kooperation zwischen der Verlagsgruppe Random House
und BoD – Books on Demand*

© 2016 Volker Muskat

*Herstellung und Verlag:
BoD – Books on Demand, Norderstedt*

ISBN: 9783740726690

*COPYRIGHT © Der Titel ist bei Lektoren.ch unter Hinweis
auf § 5 Abs. 3 MarkenG in allen Schreibweisen und Darstellungsformen geschützt und im Online-Titelschutz-Anzeiger veröffentlicht worden. Das Manuskript und das Werk einschließlich
all seiner Teile, ist urheberrechtlich geschützt. Jede Verwertung
außerhalb der engen Grenzen des Urheberrechts ist ohne Zustimmung des Verfassers unzulässig und strafbar. Das gilt insbesondere für Vervielfältigungen, Übersetzungen, Mikrovervielfältigungen und die Einspeicherung und/oder die Verarbeitung in
elektronische Systeme.*

Inhaltsverzeichnis

Kai Yvonne Blauton 1

Die Maskerade 4

Die Taufe 17

Der Tag danach... 27

Ein neues Zuhause 41

Ein Geschenk 46

Das Erwachen 54

Geheimisse 58

Das letzte Geheimnis.. 70

Ein Verdacht 75

Der Abschied.. 91

Wieder vereint.. 104

Zu Hause 125

Der Hausbesuch... 135

Die Entscheidung... 148

Die Offenbarung 154

Die Wahrheit 165

Eine eigene Wohnung 170

Kai Yvonne Blauton

Mein Name ist Kai Yvonne Blauton. Aufgewachsen in einer Großstadt, war ich ein Schüler unter vielen; ein Nobody. Nur meiner roten Haarfarbe hatte ich es zu verdanken, dass ich von dem einen oder anderen Menschen überhaupt wahrgenommen wurde. Meine Taten und Talente fanden wenig Beachtung.

Das sollte sich aber bald ändern. Meine Eltern zogen mit uns Kindern, ich hatte zwei Schwestern, von der Großstadt in eine Kleinstadt mit dörflichem Charakter. Zunächst fühlte ich mich gar nicht wohl. In dieser neuen Stadt war eine Ruhe im Umfeld, die mir richtig wehtat.

Wenig Autoverkehr, kein Menschengewühl und überhaupt war in dieser Kleinstadt „Tote Hose". Für aufgeweckte Kinder, wie ich eines war, war hier nichts bis gar nichts los.

Natürlich musste ich auch hier eine Schule besuchen. Aber zu meiner Freude stellte sich heraus, dass ich den Schulbesuch mit einem Wissensvorsprung startete. Schnell war ich dadurch in fast allen Fächern Klassenbester und bei meinen Klassenkameraden sehr beliebt.

Meine Schulzeit war noch zu jener Zeit, als Mädchen und Jungen getrennt sitzen mussten. An einer langen Tischreihe saßen die Mädchen vor der Fensterfront im Klassenzimmer, und wir Jungen saßen ihnen gegenüber.

Der Schulhof für die Pausen war genau aufgeteilt, links die Mädchen, rechts der Bereich für die Jungen, und die Lehrerschaft achtete peinlich darauf, dass kein fremdes Geschlecht auf der falschen Seite war oder sie versehentlich betrat.

Aus diesem Grunde hatte ich zu meinen Mitschülerinnen wenig Kontakt, aber auch keinen Ehrgeiz, das zu ändern. Denn mit zwölf Jahren wusste ich ja noch nicht, was ich gemeinsam mit Mädchen unternehmen konnte.

Einzige Ausnahme war meine ältere Schwester. Mit der konnte ich prima spielen. Sie las mir immer tolle Geschichten vor und beschützte mich vor meinen Eltern, wenn ich mal was Blödes gemacht hatte. Auch deshalb mochte ich sie sehr.

So plätscherte das erste Jahr in dieser Schule dahin. Ich wurde im Verlauf dieses Jahres der ungekrönte Klassenkönig und gab in vielen Dingen des Schullebens den Ton an. Selbst die Lehrer waren von mir überzeugt und bedachten mich hin und wieder mit Sonderaufgaben, die es mir gestatteten, einen Teil meines Schulalltags selbst zu gestalten.

So war ich rundum zufrieden. Alles war, wie es sein sollte. Ich war gesund und fit, hatte keine Sorgen und konnte der Zukunft gelassen entgegensehen.

Das zweite Jahr an dieser Schule begann so, wie das erste aufhörte. Und dann kam die Karnevalszeit!

Am Montag vor dem Weiberfastnachtstag, der immer an einem Donnerstag stattfindet, bekamen wir einen Zettel für unsere Eltern mit. Auf diesem Blatt war zu lesen, dass wir Schulkinder an Weiberfastnacht kostümiert zur Schule kommen sollten.

Für mich war sofort klar - ich wollte als Cowboy verkleidet zur Schule gehen. Ich hatte nur ein Problem. Mein Vater hasste seit dem Krieg alles, was nach Waffe aussah.

Und ein Cowboy ohne Revolver, hört mal, das geht gar nicht! Was tun??

An dieser Stelle kommt meine Mutter in diese Geschichte. Ich überreichte ihr den Zettel und trug ihr meine Idee eines Kostüms vor.

Bevor ich weiterschreibe, muss ich erwähnen, dass wir nicht mit Reichtümern gesegnet waren.

So war an ein gekauftes Karnevalskostüm erst gar nicht zu denken. Meine Mutter hatte so ihre eigene Vorstellung von dem Kostüm für mich. Nach einem kleinen Moment des Nachdenkens sagte sie es mir.

Als sie mir dann erzählte, als was sie mich verkleiden wollte, habe ich mich mit Worten und allem, was mir sonst möglich war, dagegen gewehrt.

Als Mädchen wollte sie mich verkleiden. Mit Kleidungsstücken von meiner älteren Schwester.

Also bitte, meiner Meinung nach ging das gar nicht. Ich, der größte Cowboy aller Zeiten, als Mädchen, nee wirklich, das ging gar nicht, das wollte ich nicht!

Dann lieber als Ritter oder von mir aus auch als Mönch oder im Schlafanzug. Aber als Mädchen? Nee wirklich, das ging gar nicht, das wollte ich nicht!

Nun kam auch noch mein Vater dazu und spielte seine ganze Macht aus. Deshalb kann, ja muss ich schreiben, ich hatte keine andere Wahl. Der Klügere gab eben nach. Und so kam es, wie es kommen musste.

♥

Die Maskerade

Am Donnerstagmorgen wurden wir Kinder, wie meistens, von unserem Vater geweckt.

Er stürmte dann immer in unser Zimmer, klatschte in seine Hände und rief mit lauter Stimme: „Auf, auf, sprach der Fuchs zum Hase und biss ihn inne Nase."

Oh, wie ich diesen Spruch hasste, und zu allem Übel brannte er sich auch noch ins Gedächtnis.

Meine Schwestern wurden davon, im Gegensatz zu mir, sofort hellwach und sprangen mit Elan aus ihren Betten.

Ich hingegen drehte mich im Bett noch einmal in eine andere Liegeposition und versuchte, ein wenig weiter zu pennen.

Aber leider, wie immer, erschien mein Vater erneut mit diesem miesen Spruch und zwang mich ebenfalls aufzustehen.

Dieses „inne Nase" konnte aber auch wirklich den Kreislauf in Schwung bringen. Warum sagte er nicht, „in die Nase" oder „in seine Nase"? Nein, jeden Morgen dieses blöde „inne Nase."

Genervt davon stieg ich behäbig aus meinem warmen Bett, steckte meine Füße in die Hauspuschen und schlappte zur Morgentoilette ins Bad.

In dem Raum erblickte ich sofort die Klamotten, die meine Mutter für den Karnevalstag zusammengesucht und sorgfältig auf einen Stuhl abgelegt hatte.

Siedend heiß kam mir die Erleuchtung:

Heute ist der Tag, an dem ich mich als Mädchen rausputzen sollte.

Beim Betrachten dieser Kleidungsstücke wurde mir richtig flau im Magen. Alles lehnte sich innerlich gegen diese Maskerade auf. Wie komme ich aus dieser Nummer raus? Wie war ich nur in diese Situation geraten?

Hiermit beschloss ich, ab sofort den Karneval zu verachten! Ich meinte, was ist Karneval schon? Auf Kommando lustig sein? Blödsinn!

„Am Gescheitesten wäre es wohl, wenn ich wieder in mein warmes Bett zurückgehe und den Tag verschlafe.", kam mir ein logischer Gedanke. Leider konnte ich diese Überlegung nicht in die Tat umsetzen, denn meine Mutter hatte kurz nach mir den Raum betreten. Mit einem Hinweis auf die Uhrzeit drängte sie nun darauf, dass ich endlich begann, mich anzukleiden.

Aber zuerst ging ich mal unter die Dusche. Hinter dem Duschvorhang konnte ich hören, wie die Finger meiner Mutter nervös auf das Waschbecken trommelten.

Nach dem Abtrocknen zog ich einen frischen Slip an, während meine Mutter den Strumpfgürtel vom Stuhl nahm. Das erste, was ich anziehen sollte, war ein schwarzer breiter Strumpfgürtel mit einem weinroten Spitzenbesatz. Sie half mir beim Anlegen des Gürtels. Denn dieser hatte viele Häkchen und Ösen und alles musste in einander gesteckt werden, was mir alleine nicht gelingen würde, wie sie meinte.

Als der Strumpfhalter dann endlich saß, war ich überrascht, wie gut sich der Gürtel meiner Körperform anpasste, den spürte ich kaum. Daran wurden die dünnen naturfarbenen Nylonstrümpfe befestigt, die ich nun über meine Beine streifen sollte.

Meine Mutter rollte mit geübten Händen den ersten Strumpf zusammen, damit ich mit meinem rechten Fuß einsteigen konnte.

Mit ihren Fingern schob und zupfte sie ein wenig an dem Fußteil des Strumpfes herum, bis der perfekt an meinem Fuß saß. Langsam und vorsichtig zog sie dann den Strumpf über mein Bein auseinander, bis die volle Länge des Nylons erreicht war.

Damit hüllte der Strumpf die ganze Länge meines Beines ein. Meine Mutter zeigte mir, wie der Strumpf an die Halter, für jeden Strumpf gab es zwei, befestigt wurde.

Danach ging sie mit den folgenden Worten aus dem Badezimmer: „Du weißt jetzt, wie du diese Strümpfe anziehen musst, und kannst das nun selber machen. Ich muss mal zu Vati gehen."

Das alles kam mir mehr als nur peinlich vor. Schließlich war ich kein kleiner Junge mehr, der sich von seiner Mutter anziehen lassen musste. So fühlte ich mich erleichtert, endlich alleine im Raum zu sein.

Mit aller Vorsicht nahm ich den zweiten Strumpf mit meiner rechten Hand auf und war ein wenig überrascht, wie angenehm sich das Material dieses Strumpfes zwischen meinen Fingern anfühlte und wie wenig er wog.

Ich zog ihn auf die gleiche Weise über mein linkes Bein an, wie es mir meine Mutter vorgemacht hatte, und befestigte auch diesen mit Hilfe der Strumpfhalter.

Es war ein merkwürdiges, aber nicht unangenehmes Gefühl, die Nylonstrümpfe anzuhaben und sie an den Beinen zu spüren.

Ich griff nach der Hose, die ich anziehen sollte, und bei der dafür notwendigen Bewegung berührten sich meine bestrumpften Beine und rieben aneinander.

Ein Prickeln kletterte langsam meine Beine hinauf und verursachte ein Wonneschauer. „He", dachte ich „das fühlt sich aber gar nicht schlecht an."

Mit voller Absicht rieb ich erneut meine Beine aneinander und erlebte wieder dieses Gefühl. „Das macht aber Spaß", überlegte ich und fuhr zur Probe mit meiner Hand über ein Bein. Auch das fühlte sich gut an. „Diese Strümpfe sind toll.", entfuhr es mir. Das hatte ich nicht erwartet.

Meine Haut war von klein auf sehr sensibel, und ich war schon immer für jede Art des Streichelns empfänglich. So ließ ich mir immer gerne von meiner älteren Schwester den Rücken kraulen, während sie mir etwas vorlas. Das war schön und entspannend.

Jetzt nahm ich endgültig die Hose auf. Es war eine grasgrüne, weite, dehnbare und elastische lange Hose mit einem breiten Gummiband unter den Hosenbeinen. Dieses Gummiband wurde unter den Fuß geschoben und getragen und verhinderte so, dass die Hosenbeine hochrutschen konnten.

Nun folgten ein weißes Unterhemd mit Spitzenbesatz am Ausschnitt und darüber eine weiße langärmlige transparente Bluse. Beides stopfte ich mit meinen Händen in die Hose.

Dazu zog ich braune Schuhe mit ein wenig Absatz an. Die Schuhe gehörten meiner Mutter und sie hatte meine Schuhgröße oder ich die ihre.

Trotz des vorangegangenen Gefühls, das die Nylons verursacht hatten, steigerte sich mein Unwohlsein und wollte einfach nicht weichen.

Diese Verkleidung mochte ich nicht, aber es gab kein Entrinnen. Ich musste da durch, ob ich wollte oder nicht! Hilfloser als ich konnte keiner sein. Wenn ich an die kommenden Stunden dachte, wurde mir richtig schlecht.

Was jetzt kam, brachte mich erst recht zum Schwitzen. Aber mein Widerstand war zwecklos. Meine Mutter kehrte zurück und wollte mich jetzt schminken.

„Nicht auch das noch", wehrte ich mich. Doch meine Mutter blieb hart und sagte: „Das Schminken gehört dazu. Wir wollen doch, dass alles echt aussieht, nicht wahr?"

„Mutti, bitte nicht!", rief ich in höchster Not. „Sei doch kein Spielverderber, Junge. Es ist doch Karneval und du willst doch gut aussehen, oder nicht?", fragte sie, „was meinst du, wie dich alle Kinder beneiden werden? So ein perfektes und schönes Kostüm hat keiner, glaube mir."

Nun kamen auch noch meine Schwestern dazu und beteiligten sich mit Freude am folgenden Geschehen.

Im weiteren Verlauf gaben sie meiner Mutter detailliert Auskunft darüber, ob meine Schminke gut aussah oder nicht. Ich bekam zu meinem eigenen Bedauern die volle Packung.

Es ging mit dem Make-up los. Meine Mutter presste davon ein wenig aus einer Tube auf ihre Finger und verteilte es gekonnt in meinem Gesicht und an meinem Hals. Es war einfach nur unangenehm.

Es folgten Augenwimperntusche, das Färben der Augenbrauen, das Auftragen von Rouge auf meine Wangen und Farbe auf den Augenlidern. Meine Mutter malte mit einem Stift die Lippenkonturen langsam und sehr fachmännisch exakt nach.

Dann drehte sie sich zu einer Ablage im Badezimmer um. Sie nahm verschiedene Lippenstifte aus einer Reihe von Stiften in ihre Hand und schaute sich jeweils deren Farbe an.

Sie entschied sich letztendlich für eine Farbe und wandte sich mit diesem erwählten Lippenstift erneut meinem Gesicht zu. Damit wurden zuerst meine Unterlippe und dann meine Oberlippe mit einem dunklen Rot geschmückt.

Den Abschluss dieser Tortur bildete ein Glanzpuder mit einem Hauch von Rosa, das mit einem kräftigen Pinsel über das ganze Gesicht getupft und verteilt wurde.

Häufig hatte ich zusehen dürfen, wenn meine ältere Schwester sich schminkte. Sie war immer mit Ernst bei der Sache und ließ sich dabei von nichts und niemandem stören. Sie schien damit nie aufhören zu wollen. Sprich - es dauerte immer eine Weile, bis sie damit fertig war.

Selbst meine viel jüngere Schwester fing schon an, sich alles Mögliche in ihr Gesicht zu schmieren. Manchmal fanden meine Eltern das sehr lustig und manchmal gab es ein „Donnerwetter".

Für mich, das konnte ich jetzt feststellen, war das nichts. Verschwendete Zeit, empfand ich. In meinem Spiegelbild konnte ich mich gar nicht mehr erkennen. Etwas Fremdes schaute mir aus dem Spiegel entgegen.

Je länger ich jedoch hinschaute, desto interessanter fand ich mein verändertes Gesicht. Unter anderem wirkten meine Lippen viel voller und meine blauen Augen wurden deutlich betont. Es war irgendwie faszinierend, wie das Aussehen mit ein bisschen Farbe verändern werden konnte.

In dem Moment musste ich mir eingestehen, dass mein Gesicht im Spiegel wie ein schönes gemaltes Bild aussah. Ja, meine Mutter verstand etwas davon.

Ich riss mich von diesen Überlegungen los, denn jetzt kam meine große Schwester an die Reihe.

Sie wollte mir unbedingt die Fingernägel lackieren. Das hatte meine Mutter eigentlich nicht vorgesehen, aber meine Schwester meinte, erst mit lackierten Fingernägeln wäre meine Verwandlung komplett.

Meine Meinung spielte überhaupt keine Rolle. Ich wollte keine lackierten Nägel, aber meine Mutter meinte dazu: „Mach doch Deiner Schwester die Freude." Ich nahm mich zusammen und tat ihr letztendlich den Gefallen. Was blieb mir anderes übrig?

Mit Konzentration und Hingabe wurden nun meine Fingernägel manikürt. Anschließend lackierte mir meine Schwester die Nägel mit roter Farbe. Dieses Rot passte genau zu dem Rot auf meinen Lippen.

Als ich anschließend meine Fingernägel betrachtete, gefiel mir das nicht mal schlecht. War mal was anderes. Dumm nur, dass ich mit meinen Händen eine Weile nichts anfassen durfte, bis der Nagellack getrocknet war.

Mein Haarschnitt wurde zu dieser Zeit natürlich von meinem Vater bestimmt.

Die Haare endeten zwei Fingerbreit über den Ohren und eine Handbreit über dem Kragen im Nacken. Das sah nicht nach Mädchen aus. Deshalb sollte ein Kopftuch am Ende alles perfekt aussehen lassen.

Endlich mit allem fertig, ging ich zu einem Spiegel. Was ich da erblickte, erschreckte mich sehr. Ich sah wirklich wie ein Mädchen aus - bah!

So sollte ich mich zur Schule trauen? Niemals! Niemals würde ich so die elterliche Wohnung verlassen! Niemals! Ich schämte mich sehr.

Meine Gedanken überschlugen sich. Sie suchten einen Ausweg aus dieser Misere und fanden keinen.

Durch die Aufregung, die durch das Stylen und das Drumherum entstand, musste ich nochmal auf die Toilette und stellte dort fest, wie unpraktisch das Tragen des Strumpfhalters über dem Slip ist. Denn um den Slip ausziehen zu können, mussten erst die Strümpfe vom Halter gelöst werden.

Ich beschloss daher, es zu ändern. Es war, nach meiner Überzeugung, besser den Slip über den Strumpfgürtel zu tragen.

Mit etwas Geduld gelang es mir schließlich, die Strümpfe wieder zu befestigen. Natürlich prüfte ich noch mal nach, ob das Reiben der bestrumpften Beine aneinander immer noch ein angenehmes Gefühl verursachte. Ja, das tat es! Ich verbuchte es als eine interessante Erfahrung!

Nach Verlassen der Toilette quälte ich mich zum Frühstückstisch. Als mein Vater mich erblickte, fing er an zu lachen.

Er schaute meine Mutter an: „Das hast Du aber perfekt hinbekommen. Unser Bengel kommt garantiert überall als Mädchen durch."

Bei diesen Worten zuckte ich zusammen, während meine Schwestern gleichzeitig riefen: „Pappa, wir haben aber auch mitgeholfen." „Das habt Ihr prima gemacht", erwiderte mein Vater, „Ihr seid eben meine liebsten Mädchen."

Mit einem Grinsen im Gesicht sagte mein Vater zu mir: „Junge, schau doch nicht so ernst! Ist doch alles ganz lustig! Entspann Dich!" Ich bemerkte, dass mich meine Mutter traurig anschaute.

Wenn ich an die zwangsläufig kommenden Ereignisse dachte, wollte mir das Frühstücksbrot gar nicht mehr schmecken. Ich wollte das alles nicht und hatte leider keine andere Wahl.

Unsicher blickte ich in die Runde. Meine ältere Schwester beugte den rechten Arm, strecke ihren Daumen zum Himmel und sagte: „Bruderherz, ehrlich, ist perfekt." Mein Vater lachte erneut beherzt, und ich wollte vor Scham in den Boden versinken.

Jeden Morgen holte mich ein Schulkamerad an der Haustür ab, so auch an diesem Morgen.

In dem Augenblick, als das Geräusch der Wohnungsklingel ertönte, zuckte ich zusammen. Ohne mein Vater, ging der Rest meiner Familie mit mir zur Wohnungstür, als wollten sie sich vergewissern, dass ich auch wirklich die Wohnung verließ. Die Schritte dahin fielen mir sehr schwer.

Meine große Schwester griff nach ihrem schwarzen Lieblingsmantel und reichte ihn mir. Mit einer schelmischen Miene sagte sie dabei: „Du siehst süß aus, und ich wünsche Dir viel Spaß, Bruderherz." Sie gab mir zur Verabschiedung ein Küsschen auf meine linke Wange.

Obwohl ich die Wohnung in diesem Outfit nicht verlassen wollte, schob mich meine Mutter sanft aus der Wohnung und sagte dabei: „Du bist ein hübsches Mädchen geworden."

Wieder schaute sie mich mit traurigen Augen an! Dann schien ein Ruck durch ihren Körper zu gehen, und sie meinte weiter: „Meine liebe Tochter, äh, Sohn, stell Dich nicht so an! Reiß Dich gefälligst zusammen!"

Plötzlich fühlten sich meine Wangen ganz warm an und meine Hände begannen feucht zu werden. Ja, meine ganze Körpertemperatur schnellte nach oben. Mir wurde in diesem Augenblick sehr deutlich bewusst: Jetzt wird es ernst. Tapfer zog ich den Mantel über.

Dann ging ich mit zittrigen Beinen die wenigen Treppenstufen bis zur Tür herunter, öffnete langsam die Haustür, machte vorsichtig ein Schritt aus dem Haus und begrüßte meinen Abholer mit einem kleinen, leisen und schüchternen: „Guten Morgen, Paul!"

Damit war ich diesem Tag hilflos ausgeliefert. Dass wird wohl der schlimmste Tag meines bisherigen Daseins, das fühlte ich ganz deutlich.

Einige wenige Schritte ging ich an Paul vorbei, blieb dann stehen und wartete darauf, dass er etwas zu mir sagte. Paul hatte wohl meine Stimme erkannt und suchte mich.

Sein Blick streifte mich einen kurzen Moment, um sich dann auf den Hausausgang zu konzentrieren. Mir schoss die Frage durch den Kopf: „Hat er mich nicht gesehen?", und im gleichen Augenblick wurde mir bewusst: Der erkennt mich nicht. „Paul, ich bin es", sagte ich deshalb mit lauter Stimme.

Jetzt zuckte Paul sichtlich zusammen und schaute mich verunsichernd an. „Du?", fragte er und „wie siehst Du denn aus?" Dann nach einer Gedenkminute: „Mann, Du sieht ja super aus! Du siehst ja aus wie ein Mädchen, klasse!"

Paul hatte als Verkleidung einen Oberlippenbart mit schwarzer Farbe aufgemalt und trug einen albernen, aus meiner Sicht kitschigen schwarzen, spitz zulaufenden Karnevalshut aus Pappe auf seinem Kopf, der mit einem Gummiband unter dem Kinn gehalten wurde.

Paul hatte für mich eine gefühlte Größe von zwei Metern und besaß den doppelten Körperumfang, gemessen an meinem Körperumfang. Seine Schultern glichen in der Breite fast meinem Kleiderschrank. Ich empfand Paul als sehr kräftig und hatte mit ihm eine Abmachung getroffen.

Er übernahm die Rolle meines Beschützers, und als Ausgleich half ich ihm mit meinem Wissen.

Paul war in der deutschen Sprache ein richtiges Talent und verstand von Autos jede Menge.

Wurde ihm eine Automarke genannt, konnte er alles aufzählen, Hubraum, PS, Zylinderzahl und Höchstgeschwindigkeit. Aber mit dem Rest der Schulfächer tat er sich sehr schwer.

Nachdem Paul meine Verkleidung akzeptierte und davon sogar begeistert war, wurde ich ein bisschen sicherer.

So machten wir uns auf den Weg zur Schule.

Unterwegs trafen wir jeden Morgen immer eine Gruppe aus unserer Klasse. Und je näher dieses Treffen kam, umso wackeliger wurde mein Gang.

Beunruhigt legte ich die letzten Meter bis zum Treffpunkt zurück, denn ich wusste nicht, wie die anderen Kinder auf meine Erscheinung reagieren würden.

Zeigten sie mit Fingern auf mich, sobald sie mich sahen? Lachten sie mich vielleicht aus oder wollten nichts mehr mit mir zu tun haben?

Doch ich wurde überrascht mit: „Klasse, Super, Spitze", und ähnlich euphorischen Zurufen. Alles bezog sich auf meine Verkleidung.

Mit jeder dieser positiven Äußerungen verging mehr von meiner Angst, und es fing langsam an, Spaß zu machen, so herumzulaufen. Gemeinsam gingen wir den Rest des Weges bis zur Schule und liefen schließlich auf dem Schulhof ein.

♥

An diesem Tag gab es auf dem Schulhof keine unsichtbare Trennlinie mehr. Alle Schulkinder durften den ganzen Schulhof benutzen. So kam ich in Berührung mit meinen Mitschülerinnen.

Die Mädchen waren über mein Aussehen hocherfreut, belagerten mich und wollten von mir wissen, wie ich mich fühlte. Sie fanden dieses Karnevalkostüm schön und ästhetisch. „Es sieht wirklich echt aus", meinten sie.

Und dass mich jeder in diesem Outfit durchaus für ein Mädchen halten konnte, beteuerten alle.

Meine Klassenkameraden hingegen zogen sich ein wenig zurück und wussten wohl nicht genau, wie sie mit mir umgehen sollten.

Mittlerweile fühlte ich mich in dem Zeug, das ich trug, recht wohl. Vor allen Dingen gefiel mir das Tragen der Nylonstrümpfe. Die verursachten ein angenehmes Gefühl an meinen Beinen und umschmeichelten meine Füße. Das war eine schöne Sinnesempfindung. Keine einengenden Socken mehr - herrlich!

Es wurde eine tolle Schulparty. Ich stand bei den Mädels hoch im Kurs und lernte sie näher kennen.

Erstaunlicher Weise hatten wir drei Monikas in der Klasse und die schienen miteinander befreundet zu sein. Denn sie saßen oder standen immer zusammen. Ihre Spitznamen lauteten Mo, Moni und Monika, wie ich erfuhr.

An diesem Tag entdeckte ich, dass Mädels tolle „Kumpels" sein konnten, und stellte fest, dass ich viel lieber ein Mädchen umarmte oder an die Hand nahm als einen Jungen. Sie fühlten sich besser an und rochen auch viel angenehmer!

Das schönste an dem Tag bedeutete für mich, dass mich jeder, ob Lehrer oder Mitschüler, egal wie ich aussah, akzeptierte und ich nicht in dieser Gemeinschaft isoliert wurde, wie ich befürchtet hatte. Jeder freute sich über mein Aussehen.

Alle scherzten und lachten mit mir. Ich fühlte mich unendlich wohl und von aller Last befreit.

Es störte mich gar nicht, dass meine Klassenkameraden ein wenig Abstand hielten. Mit meinen Mitschülerinnen hatte ich sowieso mehr Spaß.

Ich war überglücklich und ich fühlte: „Ich lebe!"

Die Taufe

Weiberfastnacht ist ein besonderer Tag für die Mädels und überhaupt für Frauen. An diesem Tag durften sie fast alles machen und hatten das Zepter in ihren Händen.

So schlugen die Mädchen aus meiner Klasse vor, die Innenstadt unsicher zu machen und wollten mich unbedingt dabeihaben. Alle redeten auf mich ein: „Du musst mitkommen."

Mein Kopftuch war mittlerweile verschwunden. Deshalb kam ein Mädchen auf die Idee, mir ihre langhaarige blonde Karnevalsperücke zu geben. Sie half mir sogleich dabei, die Perücke anzuziehen.

Eine meinte, ich müsste unbedingt Ohrringe tragen. Sie hatte in ihrer Handtasche auch ein paar Ohrclips dabei. Gekonnt befestigte sie diese an meinen Ohrläppchen.

Moni trug einen langen, weiten und geblümten Glockenrock. Dazu hatte sie eine weiße Leinenbluse an und trug darüber eine kurzärmelige schwarze Spitzenweste.

Sie zog die Weste aus und hielt sie mir entgegen. „Für dich, ziehe die an. Die steht dir bestimmt gut." Sie bemerkte wohl, dass ich ein wenig fror.

Karneval ist bei uns leider nicht im Sommer. Ich nahm die Weste dankbar an und war froh, dass sie mir passte.

Monika, unsere Klassenschönste, kam in einem schwarzen Hexenkostüm auf mich zu und erklärte mit einer Betonung, die keinen Widerspruch duldete: „Deine Farbe an den Lippen ist fast weg, das muss unbedingt erneuert werden!"

Auch sie hatte in ihrer Handtasche den passenden Gegenstand dabei. Sie kramte einen Lippenstift daraus hervor und forderte mich auf: „Mach mal ein Kussmund."

Das tat ich sofort. Sie fuhr vorsichtig und konzentriert mit dem Lippenstift über meine Lippen. „Meine Lippenstiftfarbe steht dir viel besser", meinte sie anschließend.

Monika hatte mehrere Halsketten umhängen, nahm eine davon ab und legte sie mir um den Hals. „Für Dich, Kleines", sprach sie dabei.

Sie streichelte kurz mit dem Handrücken der rechten Hand über meine linke Wange. Dann ging sie ein paar Schritte zurück, fixierte mich und meinte: „Ja, nun siehst Du wieder gut aus!"

„Aber halt, die Haare - das kann so nicht bleiben." Sie nahm eine Haarbürste aus ihrer Tasche, kam auf mich zu und fummelte damit an den Strähnen der Perücke herum.

Dann betrachtete sie mich erneut und meinte mit ausgelassener Stimme: „Fast so schön wie ich!" Sie drehte sich um und rief in die Runde: „Was meint Ihr?"

Mit diesen Worten und ohne auf eine Antwort zu warten, holte sie aus ihrer Handtasche ein kleines Fläschchen.

Daraus ließ sie ein paar Tropfen der darin befindlichen Flüssigkeit auf ihre Fingerkuppen fallen und verteilte es hinter meinen Ohren.

Anschließend schnupperte sie daran und nahm eine Geruchsprobe. Dann meinte sie mit Überzeugung: „Jetzt duftest Du herrlich."

Nun erfuhr ich von ihr, dass es ein wenig Glücksache ist, ob Parfüm an einem gut oder weniger gut riecht. Das kommt auf die eigene Körperchemie an. Deshalb sei ich ein Glückskind, weil das Parfüm an mir „lecker" riecht, meinte sie.

Aber an ihr roch das natürlich noch viel besser, da das Parfüm in ihrem Fläschchen speziell auf ihre Körperchemie abgestimmt war.

Ich ließ alles über mich ergehen und genoss es sehr, so im Mittelpunkt zu stehen.

Mo war als Junge verkleidet. Mit kurzem Haarschnitt, einer Lederhose und Jacke sah sie wirklich wie ein Kerl aus. Sie spielte diese Rolle hervorragend.

Mo hatte sich in meiner Nähe postiert. Nun kam sie näher und nahm meine rechte Hand. Dann zog sie sich ihren Ring vom Finger und schob ihn mir über meinen Ringfinger. Gleichzeitig flüsterte sie mir leise ins Ohr: „Das ist mein Lieblingsring, pass gut darauf auf!" Erstaunlicherweise hatte der Ring die richtige Größe.

Alle meinten, dass ich nun perfekt und chic aussähe. Ich zog mir den schwarzen Mantel über, und gemeinsam stürzten wir uns in den Frauenkarneval.

♥

In dieser Kleinstadt gab es nicht viele Stellen, wo Jugendliche feiern konnten. Es gab ein Jugendheim, ein Bistro und dazu zwei oder drei Kneipen.

Zuerst besuchten wir das Jugendheim, bezahlten den Eintritt und suchten uns ein Plätzchen aus.

Wir waren albern, kicherten oft und kuschelten alle miteinander.

Irgendwann kam die Idee auf, mir einen Namen zu geben. Jede konnte mindestens zwei nennen. Nach einer anregenden Diskussion einigten wir uns schließlich auf den Namen „Yvonne".

Darauf mussten wir einen Saft trinken, und ich wurde jetzt zur Namensgebung von jeder geküsst. Dieses Ritual war so eine Art Taufe und gefiel mir ausgesprochen gut.

Monika, hatte immer ein Auge für mein Make-up. Wenn sie meinte, dass es nötig wurde, es zu erneuern, machte sie mich darauf aufmerksam. „Yvonne, Du musst mich unbedingt begleiten", meinte sie und stand auf. Sie wartete, bis ich ebenfalls stand.

Dann ergriff sie meine Hand und zog mich Richtung Damentoilette. Mir kam gar nicht der Gedanke, dass ich als Junge dort eigentlich nichts zu suchen hatte.

Wir gingen allerdings nicht alleine, Mo und Moni, zwei weitere Klassenkameradinnen, gesellten sich dazu und begleiteten uns stets.

Jedes Mal wenn ich mein Spiegelbild erblickte, schaute mir ein schönes, bezauberndes Gesicht entgegen. Mit der Zeit fand ich mein Aussehen zunehmend hübscher und empfand mich fast als Mädchen.

Das mich alle Mädels wie Ihresgleichen behandelten, verstärkte mein Empfinden noch. Yvonne war ein wirklich schöner Name und passte zu mir. An diesem Tag wurde ich nur noch so angesprochen. Ehrlich, ich fühlte mich sauwohl dabei.

Ausgelassen und Händchen haltend, gingen wir, wie lange eingespielt, zu viert zur Damentoilette.

Einmal bemerkte ich unterwegs verstohlene und aufdringliche Blicke der Jungs. Einer schien nur mich zu fixieren. Er lächelte mich ohne Scheu an. Das war mir sehr unangenehm.

Als wir auf dem Weg zurück erneut an ihm vorbeikamen, sprach er mich an und wollte mit mir etwas trinken.

Ehe ich eine Antwort geben konnte, wurde ich von meinen Begleiterinnen weggezogen. „Yvonne, der ist nichts für dich!", bekam ich mit einem Lachen zu hören.

Wir setzten uns wieder zu den anderen an den Tisch und hatten unseren Spaß.

Langsam leerte sich der Saal, und wir waren nur noch zu viert aus unserer Klasse. Mo, Moni, Monika und ich.

Wir beschlossen, ins Bistro zu wechseln. Es war ein langer Weg bis dorthin.

Wir fassten uns an den Händen und setzten uns ausgelassen in Trab. Tanzend und hüpfend eilten wir dabei über die Gehwege der Straßen.

Anders war die Kälte, die an diesem Tag herrschte, auch nicht zu ertragen gewesen. Trotz Kälte empfand ich Freude und Glücksmoment in einem, es war einfach unbeschreiblich schön.

Im Stillen dankte ich meiner Schwester für ihren Mantel. Ohne diesen wäre ich bestimmt erfroren. Na ja, beinah.

♥

Im Bistro hatten wir schnell einen Platz ergattert und bestellten uns Getränke. Hier konnten wir sogar tanzen. Das konnte ich recht gut.

Meine ältere Schwester war in einem ‚Rock and Roll' Verein und ich durfte daheim, bei ihrer täglichen Übung der Tanzpartner sein. Das machte mir ungeheuren Spaß.

Im Bistro forderte Mo mich häufig auf, mit ihr das Tanzbein zu schwingen. Moni und Monika kamen natürlich mit auf die Tanzfläche. Wir kamen dabei schnell ins Schwitzen. Wie selbstverständlich sorgte Monika zwischendurch immer wieder dafür, dass unser Make-up ins richtige Aussehen gebracht wurde.

Mit der Zeit füllte sich das Lokal. Um dem Gedrängel auf der Tanzfläche zu entgehen, kletterten wir ab und zu auf die Bänke und bewegten unsere Körper im Rhythmus der Musik.

Einmal, als wir gerade mitten in einem Song auf den Bänken tanzten, kam eine fremde Frau auf mich zu und sagte irgendetwas zu mir, was ich wegen der lauten Musik nicht verstehen konnte. Ich bückte mich zu ihr hinab, damit sie mir direkt ins Ohr sprechen konnte.

Doch statt mir Worte ins Ohr zu schreien, nutze sie die Gelegenheit und küsste mich schnell auf den Mund.

Genau in diesem Moment legte die Musik eine kleine Pause ein und so konnte ich ihre anschließenden Worte verstehen: „Das ist schön, wie Du dich bewegst!"

„Mein Herz wird beim Zuschauen ganz warm! Du siehst wunderbar aus! Dein Gesicht strahlt so viel Freude aus, das habe ich lange nicht mehr gesehen!"

Dann wandte sie sich hastig ab und schritt zur anderen Seite des Lokals. Ziemlich verdattert schaute ich ihr nach. Ich muss allerdings zugeben, dass mir diese Worte runtergingen wie Öl und mich stolz machten.

Mo und Monika hatten das Geschehen beobachtet. Während Mo der Frau böse hinterherschaute, fragte mich Monika: „Kennst Du die?"

Doch da erklang der nächste Song und verführte mich zum Tanzen. Ich war so ausgelassen und hemmungslos wie noch nie.

Einige Kumpels aus meiner Schulklasse hatten irgendwie erfahren, dass ich jetzt Yvonne genannt wurde. Ich bin mir nicht sicher, ob sie mich nur verarschten oder ob sie vergessen hatten, dass ich ein Junge war.

Sie spendierten mir Drinks, wollten mit mir tanzen und so weiter. Aber dann, wenn es heikel wurde, wenn jemand versuchte mich zu küssen oder gar zu befummeln, ging Mo dazwischen und zeigte den Jungs unmissverständlich, dass mit ihr nicht zu spaßen war.

Nach einiger Zeit ließen uns die Burschen schließlich in Ruhe. Niemand hatte Lust sich mit Mo anzulegen. Und so waren wir bald wieder unter uns.

Dass ich ein Junge war, vergaß ich völlig. Ich war ich und fühlte wie ich und da ist das Geschlecht wirklich absolut egal und unwichtig. Denn ich war „F R E I!" Ich beschloss zudem: „Karneval ist einfach spitze und eine tolle Erfindung!"

Wir waren eine starke Truppe, und ich freute mich sehr, dabei zu sein.

Ich fühlte mich leicht und war in einem Rauschzustand. Für mich war jetzt schon klar, dass ich zukünftig mehr mit diesen Mädels unternehmen musste, und im Stillen betete ich, dass dieser Tag nie zu Ende gehen möge.

Doch wie das so ist, auch dieser Tag ging letztendlich doch vorbei. Als Dreizehnjähriger musste ich leider früh nach Hause. Traurig verabschiedete ich mich von meinen neu gewonnenen Freundinnen. Mo brachte mich vor die Tür.

Vor der Tür standen wir uns gegenüber und ich wollte ihr meine Hand zum Abschied reichen. Doch Mo ignorierte sie und sah mir in die Augen, als suchte sie etwas darin. Spontan fasste sie mein Gesicht mit beiden Händen, kam mit ihren Lippen näher und gab mir ein Kuss, den ich gerne erwiderte.

Das war mein erster richtiger Kuss. „Bis morgen", flüsterte sie anschließend und ließ hastig mein Gesicht los.

Sie machte auf mich den Eindruck, als sei sie erschrocken darüber, was sie gerade getan hatte. Ehe ich etwas sagen konnte, drehte sie sich schnell um und eilte ins Bistro zurück.

Perplex stand ich einen Moment auf der Stelle. „Was hatte das zu bedeuten?", überlegte ich. Dann machte ich mich alleine auf den Heimweg.

♥

Je näher ich meiner elterlichen Wohnung kam, umso mehr kehrte vom Alltagsballast zurück.

Eigentlich wollte ich gar nicht heim. Ob ich so einen Tag je wieder erleben würde?

Ich ging immer langsamer und musste lächeln, wenn ich an die eine oder andere Situation zurückdachte, die ich erlebt hatte.

Mensch, das Leben kann so schön sein!

Aber nein, ich musste ja nach Hause. Was würde mich dort schon erwarten? Alles wird dann wieder wie immer sein. Es fühlte sich an, als ob ich nach und nach Gewichte an meinem Körper anlegte.

Mir wurde klar, dass ich nicht mehr frei sein würde, wenn ich erst mal zu Hause bin. Vermutlich werde ich zukünftig nicht mehr so unbeschwert leben können.

Denn ich hatte sie erlebt, die Freiheit!

Es war deprimierend. Zu Hause wurde ich sofort von meiner Mutter empfangen und gefragt: „Na Junge, wie war es? War es sehr schlimm?"

Noch einmal überkam mich die Begeisterung und ich fing an zu berichten, dass alle, ohne Ausnahme, meine Verkleidung toll fanden und mich so in ihren Herzen aufnahmen.

Ich hörte, dass meine Mutter „Na siehste" sagte. Mitten in meiner Erzählung verließ sie jedoch das Zimmer und war nicht weiter interessiert.

Am frühen Abend nach einer ausgiebigen Gesichts- und Körperreinigung wollte meine Mutter alle Wäsche, die ich getragen hatte, einsammeln. Es musste schließlich alles gereinigt und gewaschen werden.

Als sich ihre Hand nach dem Strumpfhalter und den Nylons ausstreckte, sprach ich sie schnell an und fragte, ob ich den Strumpfhalter und die Strümpfe nicht behalten könnte.

Denn das Tragen dieser Strümpfe war für mich ein riesiges Erlebnis. Das wollte ich einfach noch öfter erleben.

Ich wollte keine Socken mehr tragen, die empfand ich schon immer als lästig. Das alles sagte ich ihr.

Doch meine Mutter schüttelte den Kopf und erwiderte: „Du bist doch ein Junge!" „Na und?", erwiderte ich. „Jungen tragen so etwas nicht!" „Warum denn nicht?", fragte ich nach.

Ich nahm ein Nylonstrumpf in meine Hand und sagte: „Die sind doch so angenehm und ich möchte diese Strümpfe behalten!" „Das ist doch Blödsinn! Nein, das kannst du nicht haben! Das ist nichts für Dich!" Nach diesen Worten nahm sie mir den Strumpf aus meiner Hand und sammelte den Rest der Kleidungsstücke ein.

„Übrigens, die Weste, die Perücke und den Schmuck habe ich in eine Tasche getan und in den Flur gehängt. Ich nehme mal an, dass Du die Sachen morgen zurückgibst." Und damit ging sie aus dem Badezimmer und ließ mich alleine zurück.

Jetzt wurde mir endgültig klar, dass ich meine Freiheit fürs erste komplett verloren hatte und darüber wurde ich sehr traurig!

Wieso und warum kann ich als Junge solche Feinstrümpfe nicht tragen, wo sie sich doch viel schöner anfühlten als die einschnürenden Socken?

In diesem Augenblick beneidete ich meine ältere Schwester, die diese Strümpfe tragen durfte.

Was blieb, waren die Erinnerungen an den schönen Tag und die lackierten Fingernägel. Zumindest für die Karnevalstage, wenn meine Mutter nicht auch dagegen war!

Der Tag danach

Am nächsten Tag musste ich wieder zur Schule. Leider hatte meine Mutter höchst persönlich den Nagellack von meinen Fingernägeln entfernt. Was ich sehr bedauerte. Denn mir hatten die lackierten Fingernägel recht gut gefallen!

Wie immer holte Paul mich morgens von zu Hause ab und wir schlenderten gemeinsam zur Schule.

Auf dem Weg dorthin, schwärmte ich vom gestrigen Tag und berichtete ausführlich, was ich mit den Mädels alles erlebt hatte.

In der Schule gab es ab diesem Tag neue Spielregeln für die Benutzung des Schulhofes. Er konnte ab jetzt im ganzen Bereich von allen Kindern genutzt werden.

Natürlich nur unter Aufsicht des Lehrpersonals, das mit strenger Miene alles erfasste. Ihnen entging nichts.

So konnte ich in der Pause mit großer Freude und Erwartung zu meinen Mitschülerinnen eilen. Ich hoffte, an das innige Zusammensein von gestern anknüpfen zu können. Doch was für eine Überraschung.

Die meisten reagierten reserviert oder schüchtern auf meine Annäherung. Das konnte ich nicht verstehen. Hatten wir doch gestern einen tollen Tag miteinander erlebt.

Außer vielleicht, weil ich jetzt wieder eindeutig als Junge zu erkennen war.

Meine Schulkameraden zeigten mir gegenüber ja auch wieder das gewohnte Verhalten.

Ich musste schmunzeln, als ich hörte, wie sich zwei Jungs über das tolle Mädchen Yvonne aus dem Bistro unterhielten: „Kennst Du diese Yvonne?" „Nee, die habe ich vorher noch nie gesehen, sah aber klasse aus und hat eine super Figur!" Beide wollten gleich heute versuchen, sie wieder zu sehen.

Von den Mädels freuten sich wirklich nur drei darüber, mich zu sehen. Die drei Monikas.

Diese Girls waren auch bekannt als die drei „M", weil sie immer zusammen hockten und nie alleine unterwegs waren.

Selbst zur Toilette gingen sie nur gemeinsam. Sie ließen niemals andere Personen in ihre Triogemeinschaft und waren eine eingeschworene Truppe.

Um Verwechselungen zu vermeiden, hatten sie schon in der fünften Klasse beschlossen, sich Rufnamen auszudenken. Sie einigten sich auf die Namen Mo, Moni und Monika.

Die drei begrüßten mich mit einer leidenschaftlichen Umarmung. Als Letzte umarmte mich Moni. Sie drückte vorsichtig zu, ließ dann los, ergriff mit ihren Händen meine rechte Hand und hielt sie gefühlvoll umschlossen. Dabei schaute sie mich an und meinte: „Hi, war super nett, gestern!"

„Ja, fand ich auch!", antwortete ich und weiter, „Ich glaube, das war mein schönster Tag..."

„Wir finden Dich richtig nett und wollten Dich mal fragen, ob du Lust hast, dich uns anzuschließen?", unterbrach mich Moni.

Mo und Monika kamen noch näher auf mich zu, schauten mir nett in die Augen und nickten zustimmend.

Nun musste ich erst einmal überlegen und dachte an meinen ersten Kuss, den ich von Mo erhalten hatte.

Bei diesen Gedanken musste ich einfach lächeln und sagte: „Ja klar!"

Über diese Antwort schien Moni sich sehr zu freuen. „Also abgemacht, ab heute gehörst du zu uns! Für uns bist du Yvonne. Ist das für dich okay?"

Auch das akzeptierte ich gerne.

„Weißt du", fing jetzt Monika an zu plappern, „eigentlich wollten wir keine Jungs in unserer Truppe. Deshalb ist es eine besondere Ehre, dass wir Dich fragen! Aber Du bist echt nett und wir hatten gestern richtig Spaß miteinander. Yvonne, Du sahst so toll aus! Natürlich nicht so attraktiv wie ich, aber immerhin auch toll."

„Ich mag Dich", gab Mo leise von sich und schob ein kaum hörbares „Yvonne" hinterher. Bei dieser Gelegenheit wollte ich ihr den Ring zurückgeben. Mo nahm ihn an, schaute mir in die Augen und fragte: „Würdest Du den Ring tragen? Für mich?"

Ohne lange zu überlegen sagte ich natürlich zu. Mo nahm meine rechte Hand und schob den Ring über meinem Finger und sprach leise zu mir: „Ich gehöre jetzt zu Dir, wo du auch hingehst. Ich mag Dich wirklich!"

„Hiermit ist es beschlossene Sache.", rief Monika, „Du gehörst jetzt zu uns!" Ich erahnte, dass diese Mädels es sehr ernst meinten und nahm mir vor, sie nicht zu enttäuschen.

Die drei „M" hatten also beschlossen, mich in ihrer Gemeinschaft aufzunehmen, und zeigten mir das auch durch Freundlichkeit und Zuneigung. Von diesem Tage an bildeten wir eine Vierergruppe.

Eigentlich waren wir ja fünf. Denn Paul hielt sich, immer um Unauffälligkeit bemüht, stets in unserer Nähe auf und hielt jeden Ärger von uns fern.

Alle drei „M" waren von schlanker Figur, etwa gleich groß wie ich und mir mehr als nur sympathisch. Zu jeder fühlte ich mich irgendwie hingezogen.

Berührte ich eine von ihnen, egal welche, lief ein Kribbeln, von meinen Fingerspitzen beginnend, durch meinen ganzen Körper.

Das konnte ich mir zwar nicht erklären, aber es war ein wundervolles, wohliges Kribbeln und deshalb ein gutes Gefühl. Es stellte sich im Verlauf der folgenden Zeit heraus, dass es ihnen ebenso erging, wenn sie mich oder einander berührten.

Mo hatte eine Mutter, einen Stiefvater, drei Stiefbrüder und drei Brüder. Sie war fast zwei Jahre älter als wir anderen.

Sie musste leider zu Beginn ihrer Schulzeit einige Schuljahre wiederholen.

Gemeinsam mit ihren Brüdern schraubte sie am liebsten an Autos oder Motorrädern herum. Das erste, was sie sich kaufen wollte, wenn sie alt genug war, war ein Motorrad.

Aus der Ferne hätte sie jeder für einen Jungen gehalten. Ihre Körpersprache, sprachliche Ausdrucksweise und ihre Kleidung unterstrichen diesen Eindruck noch.

Mo hatte sehr kurze dunkelbraune Haare und grüne Augen. Sie war eher ein dunkler Hauttyp und hatte oft einen verbitterten und manchmal einen aggressiven Gesichtsausdruck.

Meist trug sie ein rotweiß kariertes Hemd, darüber eine braune Lederjacke, eine braune Lederhose und dazu ausgetretene, vom Wetter beanspruchte Boots.

Mo trainierte jeden Tag mit Handeln, trieb viel Sport und war gut durchtrainiert.

Sie war die Starke in unserer Gruppe. Sie und Paul waren die Garantie, dass uns andere Jugendliche in Ruhe ließen. Denn die beiden flößten jeder und jedem Respekt ein.

Einmal hatte sich ein Typ an Monika rangemacht. Er hatte sie bedrängt, in die Enge getrieben und wollte sie begrabschen.

Schneller als Paul eilte Mo hinzu und hatte den Kerl blitzschnell mit ihrer rechten Hand im Nacken gepackt, seinen Kopf niedergedrückt und ihm angedroht, beide Arme zu brechen, wenn er Monika in Zukunft nicht in Frieden lies.

Wir konnten an seinen Augen ablesen, dass er Mo jedes Wort glaubte. Mit ängstlicher, zittriger Stimme entschuldigte er sich bei Monika und lief davon.

Sowas sprach sich natürlich schnell herum. Moni und Monika konnten sicher sein, nicht gegen ihren Willen angepöbelt zu werden.

Mo war ein sehr stilles Wesen und redete nur dann, wenn es keinen anderen Ausweg mehr gab.

Lieber hörte sie zu und machte sich so ihre eigenen Gedanken.

Sie lebte in ihrer eigenen Gedankenwelt, zu der wir nur schwer Zugang fanden.

Nur ein einziges Mal öffnete sie sich und sagte uns irgendwann in einer gemütlichen Runde, dass sie viel lieber ein Junge geworden wäre und ihre weiblichen Merkmale verabscheute.

Ich war der einzige Junge, der sie berühren durfte. Mal in den Arm nehmen oder mit ihr Händchen halten. Das fand sie sogar angenehm.

Wenn wir nachmittags in einem Bistro saßen, lehnte sie hin und wieder ihren Kopf an meine Schulter, während ich sie umarmte, Moni ihr mit Hingabe den Nacken kraulte und Monika zärtlich ihre Hand streichelte.

Sie machte dann manchmal ihre Augen zu und holte sich dabei neue Kraft und Energie, wie sie mir einmal leise zuflüsterte, damit die anderen sie nicht hörten.

Mo vertraute mir sehr und ich fühlte mich dadurch geschmeichelt.

Wenn sie ihren Kopf an meiner Schulter lehnte und ihre Augen dabei schloss, machte sie im Gegensatz zu sonst, einen völlig entspannten Eindruck auf mich.

In diesen Augenblicken kam sie mir immer hilflos und verloren vor.

So unschuldig und leicht verletzbar. Das weckte nicht nur meinen Beschützerinstinkt. Wir alle hätten sie vor jedem Bösen verteidigt.

Es waren seltsame Momente. Der Lärm um uns herum schien viel leiser zu werden und ein Schleier von Ruhe legte sich um die ganze Gruppe.

Keiner von uns sagte ein Wort und die Zeit verging in Zeitlupentempo.

Ich konnte den eigenen Atem hören und das Blut durch die Adern fließen fühlen.

Wir waren gefangen in einer eigenen Welt und wie durch einen Nebel sah ich Paul, wie er mit erhöhter Aufmerksamkeit die Umgebung beobachtete.

In diesem Augenblick war er der Mann der Stunde, der uns alle beschützte.

Doch urplötzlich war es vorbei, da war sie wieder, die Starke, alles im Griff habende und undurchschaubare Mo.

Und der ganze Lärm brach wie ein Unwetter über uns herein und holte uns aus unserem kleinen Universum zurück.

Ansonsten konnten Mo alle Jungs den Buckel runterrutschen. Außer vielleicht Paul. Mit ihm konnte sie über Autos und Motorräder quatschen.

Aber wenn der sie aus Versehen mal berührte, konnte Mo gewaltig ausrasten und nur mit Mühe gelang es uns dann, sie wieder zu beruhigen.

Ich war immer erstaunt, dass Paul unsere Gemeinschaft nicht verließ bei dem, was er sich beim Ausrasten von Mo immer anhören und gefallen lassen musste.

Er tat mir richtig leid. Paul hatte wirklich ein ruhiges und sanftes Gemüt. Musste er auch haben, sonst wäre die Situation bestimmt einmal eskaliert.

Moni hatte zu jener Zeit gemeinerweise viele Pickel und Sommersprossen im Gesicht, lange blonde Haare und klare blaue Augen und war der helle Hauttyp.

Sie trug mal eine Hose, mal einen Rock und war immer perfekt farblich aufeinander abgestimmt gekleidet. Dazu gab es passende Ohrringe. Davon schien sie eine Menge zu besitzen. Denn selten war es das gleiche Paar, das sie trug.

Was Moni sagte, hatte immer was Besonderes. Und ich glaubte, sie lenkte im Stillen die ganze Truppe.

Ihre Lieblingsbeschäftigung war das Lesen. Sie schwärmte für schöne Literatur und Gedichte. Manchmal schrieb sie selber Gedichte, die sie uns vorlas oder mir schenkte, weil sie nur für mich bestimmt waren.

Sie hatte auch für Mo und Monika Gedichte, aber die konnten wenig damit anfangen und nahmen sie nur an, um Moni eine Freude zu machen.

Moni hörte den Vögeln gerne beim Zwitschern zu. Überhaupt liebte sie die Natur mit all ihrer Pracht. Sie brachte uns immer wieder dazu, dass wir einen Ausflug in die nah gelegenen Wälder machten. Hier fühlte sie sich wohl und war in ihrem Element.

Sie wusste viel über Gräser, Pflanzen und Bäume und freute sich immens, wenn wir in der Ferne mal ein Reh sehen konnten. Dann durfte sich keiner bewegen, um das Tier nicht zu erschrecken.

„Schaut mal ein Eichhörnchen! Habt ihr diese Pflanze gesehen? Wie seltsam der Baum gewachsen ist? Der steht bestimmt auf einer Wasserader!"

Moni konnte sich wirklich an der Natur begeistern. Sie wollte uns unbedingt an ihrer Freude teilhaben lassen. Bei unseren Waldbesuchen sah sie immer sehr glücklich und entspannt aus. Wenn wir sie so betrachteten, war sie das hübscheste Mädchen auf der Welt.

In diesen Momenten liebten wir sie alle noch mehr und erfreuten uns an ihrem Rausch. Sie war wirklich eine tolle Persönlichkeit, etwas ganz Besonderes. Ein paar Mal suchten wir uns bei schönem Wetter eine Lichtung, lümmelten uns ins Gras und hatten unseren Spaß.

Da sie mit ihrer Mutter alleine lebte, musste sie sehr viel im Haushalt mithelfen. Die Wohnung hatte ein Kinder-, ein Schlaf- und ein Wohnzimmer, einen große Küchenraum und Bad mit Toilette. Ihre Mutter war Krankenschwester von Beruf, und hatte zwei verschiedene Arbeitszeiten. Mal früh und mal spät.

Wenn Monis Mutter auf Spätschicht war, haben wir Moni oft nach Hause begleitet und halfen ihr bei der Hausarbeit. Das heißt, eigentlich nur Mo und ich.

Paul war nur ein oder zwei Mal dabei, für ihn war das nichts. Während wir die Küchenarbeit erledigten, saß Monika lieber in der Küche am Tisch, las in Frauenzeitschriften und unterhielt uns damit.

Sie schwärmte dann von neuen Kleidern, Schuhen oder Accessoires wie Schmuck, Gürtel, Hüte, neuen Nagellack- und Lippenstiftfarben, die es in diesen Zeitschriften zu finden gab.

Eigentlich interessierte uns das alles nicht, wir hörten aber brav zu. An so etwas Freude zu haben, gehörte eben zu Monikas Natur.

Und es war schön anzusehen, dass Monikas Augen vor Aufregung leuchteten, wenn sie von solchen Dingen sprach. Und dafür hatten wir sie gerne.

Einige Male empfand das Mo allerdings als zu viel. Dennoch beherrschte sie sich meisterhaft. Mit solchen Frauenutensilien konnte sie einfach nichts anfangen. Sie war anders und träumte lieber von ihrem zukünftigen Motorrad.

Nach getaner Hausarbeit gingen wir ab und zu in Monis Zimmer.

Direkt unter dem Zimmerfenster stand ein Schreibtisch, links davon befand sich an der Wand ein Regal, mit einer Stereoanlage und sehr vielen Büchern. An der rechten Wand stand ein 1,40m breites Bett mit vielen Plüschtieren darauf. Sie liebte diese Stofftiere.

Liebevoll wurden diese Tiere zur Seite geräumt. Flott zogen wir unsere Klamotten, bis auf die Unterwäsche, aus und schlüpften unter die Bettdecke.

Eng aneinander gekuschelt, streichelten wir uns gegenseitig den Nacken und den Rücken. Dabei wurde viel miteinander gequatscht, bis wir dann meistens einschliefen.

Einmal hatten wir die Zeit verpennt. Als Monis Mutter nach Hause kam, betrat sie als erstes leise das Kinderzimmer und war überrascht, uns schlafend im Bett vorzufinden.

Sie lachte, als sie uns so eng ineinandergeschlungen vorfand und machte heimlich ein Foto davon. Sie freute sich, dass ihre Tochter so nette Freundinnen hatte. Dann machte sie für alle einen Kakao und weckte uns.

Als sie mich entdeckte, schaute sie ihre Tochter fragend an, sagte aber nichts.

Monis Mutter hatte nicht gedacht, dass ein Junge mit dabei war. Als Erwachsene hatte sie ihre eigene Fantasie, und da konnte ja allerhand passiert sein, von dem sie nichts wusste.

Aber sie vertraute ihrer Tochter, und da es schon sehr spät war, rief sie unsere Eltern an, um uns zu entschuldigen. Wir bekamen von unseren Eltern die Erlaubnis, bis zum nächsten Morgen bleiben zu dürfen. Es war unsere erste gemeinsame Nacht.

Zu viert im Bett geht nicht? Doch, wenn alle sich mögen und keine Berührungsängste haben. Es wurde eine schöne, ruhige und entspannte Nacht.

Am nächsten Morgen gingen wir von hier aus zur Schule. Wir fühlten uns nach dieser Nacht noch mehr miteinander verbunden und schauten uns häufig mit einem wissenden Lächeln in den Augen an. Selbst Mo machte dabei keine Ausnahme und zeigte sich ausgeglichener.

Wir einigten uns sehr schnell darauf, dass wir noch viele Nächte miteinander verbringen wollten. Monis Mutter hatte sicher nichts dagegen. Also fragten wir sie. Ihre Mutter war zunächst gar nicht begeistert, dass ich mit dabei sein sollte. Denn ich war ja ein Junge.

Wir redeten auf Monis Mutter ein. Mo, Moni und Monika erzählten ihr, wie gerne sie mich hatten, und dass ich immer für alle da war. Seit wir zusammen waren, hatten sich durch das gemeinsame Lernen unsere Schulnoten deutlich verbessert.

Wir hatten nichts mit Drogen oder Alkohol zu schaffen, und alle fühlten sich wohl.

Monis Mutter begann zu verstehen und begriff langsam, dass ich für ihre Tochter, Mo und Monika einfach dazu gehörte. Mit gemischten Gefühlen stimmte sie dann zu. Sie erlaubte es schließlich, wenigstens ab und zu mal hier zu übernachten.

Aber in unserem Alter musste die Lust und Neugierde auf Sex einfach erwachen, vermutete sie und davor hatte sie einfach schreckliche Angst, dass ich den Mädels oder die Mädels mir was antun könnten. Über dieses Thema sprach sie sehr offen mit uns.

Ehrlich, bis dahin hatten wir noch gar nicht daran gedacht oder darüber geredet.

Mos Eltern war es ziemlich egal, was ihre Tochter trieb oder wo sie übernachtete. Hauptsache, sie störte nicht und wollte nichts.

Meine Eltern hingegen vertrauten mir. Meine Mutter packte mir sogar Sachen wie Schlafanzug, frische Unterwäsche und Socken für den nächsten Tag ein.

Monikas Eltern hingegen durften nicht erfahren, dass ein Junge bei der Übernachtung dabei war. Das hätten sie niemals akzeptiert. In solchen Dingen waren sie sehr streng.

Monika war die Klassenschönste. Sie hatte langes naturgelocktes blondes Haar, blaue Augen und einen sonnengebräunten Teint.

Sie war immer modisch und teuer gekleidet und machte einen für dieses Alter übertriebenen gepflegten

Eindruck. Ihre Körpersprache machte auf jeden einen unechten Eindruck. Es sollte wohl erwachsen und erhaben wirken.

Sie schwärmte für Mode, Schmuck und fremde Länder und plapperte immer drauflos. Sie redete ohne Punkt und Komma und gab in dieser Gruppe den Ton an.

Ab und zu hatte ich den Eindruck, dass sie eine Klassenarbeit nur schaffte, weil der Lehrer Mitleid mit ihr hatte. Das änderte sich allerdings in dem Augenblick, als ich vorschlug, dass wir uns alle gemeinsam auf eine Klassenarbeit vorbereiten könnten, und wir das auch machten.

Monika war eins von den Lebewesen, die immer hören wollten, wie toll sie aussehen. Am liebsten hörte sie, dass sie die hübscheste Frau auf der ganzen Welt sei.

Bei einer gemeinsamen Küsschen-Session zum Beispiel, an der sich nur Paul nicht beteiligte, weil er zu schüchtern war, mussten alle bestätigen, dass sie diejenige war, die am besten küssen konnte.

Natürlich hatte Monika auch schon einen Freund, der war ein paar Jahre älter als sie. Einige Male kam Monika nicht zu unserem Treffen, weil sie dann etwas mit ihrem Freund unternahm.

Aber je länger wir als Gruppe zusammenblieben, umso seltener fehlte sie.

♥

Oft hatten wir Monika bei ihrer Shoppingtour begleitet. Ich habe durch Monika viel über Frauenklamotten gelernt.

Wo eine modebewusste Frau diese am besten einkauft, welche Stoffe sich am angenehmsten anfühlen und wo die aktuellsten Schminkutensilien zu haben sind.

Mit Spannung und Spaß warteten wir, wenn Monika mal wieder neue Kleidung anprobierte und uns um unsere Meinung fragte. Moni gab Monika den einen oder anderen Tipp, da sie wirklich etwas von Farben, die zueinander passten, verstand. Ich fand dieses Stöbern in den Einkaufsläden interessant und aufregend.

Mo hatte an diesen Dingen überhaupt kein Interesse. Sie begleitete uns aber trotzdem und unterhielt sich auf so einer Tour aber meist lieber vor dem Laden mit Paul über Autos und Feuerstühle.

Am liebsten wollte Monika in hochhackigen Schuhen herumlaufen, aber ihre Eltern waren strikt dagegen. Sie sei zu jung dafür, sagten sie immer.

Trotzdem kaufte sie das eine oder andere Paar Schuhe, stolzierte gekonnt damit herum und gab die Schuhe Moni zur Verwahrung, bevor sie nach Hause ging.

Das Schlimmste, was ihr passieren konnte, war, dass ein Fingernagel abbrach oder sie eine Laufmasche im Strumpf hatte, das kam einem Weltuntergang sehr nahe.

Und zum Thema Handtaschen, darin war Monika ganz vernarrt. Ich vermutete, dass sie zu Hause haufenweise davon herumliegen hatte.

Trotzdem konnte sie fast an keiner Tasche vorbeigehen. Zumindest wurde überprüft, ob das Material was taugt, genug Fächer vorhanden waren und der Tragegurt die richtige Länge hatte.

Die Farbe passte fast immer zu irgendeiner Kleidung, die sie besaß.

Moni bekam schon mal die eine oder andere Handtasche geschenkt, wenn Monika ihrer überdrüssig wurde oder sie einen Grund brauchte, um sich eine neue zu kaufen.

Mo hatte für so etwas keine Verwendung und wir Jungens natürlich auch nicht.

Woher Monika schon in diesem Alter das viele Geld hernahm, um das alles zu bezahlen?

Nun, diese Frage hatten wir uns nie gestellt. Es war einfach so. Vermutlich hatte sie ein reiches Elternhaus.

Ein neues Zuhause

So ging das letzte Schuljahr zu Ende. Damit wir als Gruppe zusammenbleiben konnten, meldeten wir uns für das angebotene erste freiwillige neunte Schuljahr an.

Paul hatte dazu überhaupt keine Lust und wollte lieber eine Ausbildung zum KFZ-Mechaniker machen. So verloren wir ihn aus den Augen.

Die Lehrer legten Mo und Monika nahe, lieber auf dieses neunte Schuljahr zu verzichten, da sie Bedenken hatten, dass sie das schaffen.

Wir setzten uns zusammen und überlegten, was wir jetzt machen sollten.

Mo und Monika bedrängten Moni und mich, unbedingt dieses neunte Schuljahr zu machen.

Mo wollte sowieso lieber an Fahrzeugen rumbasteln, und Monikas Eltern hatten schon einen genauen Plan welche Ausbildung Monika machen sollte.

So beschlossen wir, dass Moni und ich weiter zur Schule gehen, wir uns aber so oft wie möglich weiter treffen wollten.

An den Wochenenden trafen wir uns öfter bei Moni daheim und verbrachten manche Nacht miteinander.

Monis Mutter schaute von Mal zu Mal immer kritischer drein und fing an, uns zu überwachen. Immerhin waren wir jetzt in einem jugendlichen Alter und zu sonst was in der Lage und ich schon fast ein Mann, sagte sie als Rechtfertigung für ihre Kontrolle.

Uns kam der Gedanke, dass es vielleicht besser wäre, wenn wir hier nicht mehr gemeinsam die Nacht verbrachten. Monis Mutter zu liebe.

Wir überlegten lange, was wir machen sollten. Nach einiger Zeit überraschte uns Mo mit ihrer Idee von einer eigenen Wohnung.

Sie wollte schon lange weg von Zuhause, weil sie es dort nicht mehr länger aushalten konnte. Ihr Stiefvater war fast immer besoffen und die eigene Mutter mit allem unzufrieden. Die nörgelte und meckerte an allem und jedem.

Ihre Brüder gingen ihr auf den Sack. Und in der Wohnung war viel zu wenig Platz für alle. Ihre Mutter und ihr Stiefvater waren einverstanden, wenn sie nur schnell genug auszog und ihnen nicht mehr auf der Tasche lag.

Für uns waren das schreckliche, aber auch wieder gute Neuigkeiten die wir von Mo erfuhren. Wir begannen nun, gemeinsam von einer eigenen Wohnung zu träumen.

Moni musste nach wie vor bei ihrer Mutter wohnen, bis sie das richtige Alter erreicht hatte. Das gleiche galt für Monika. Meine Eltern legten mir keine Steine in den Weg und meinten nur, das sei meine Entscheidung.

Da eine große Wohnung für alle außerhalb unserer finanziellen Möglichkeiten lag, beschlossen wir, zunächst für Mo eine kleine Wohnung anzumieten, und dass sie dort erstmal alleine wohnen sollte. Es ging einfach darum, dass Mo endlich von zu Hause wegkam.

Das hatte die höchste Priorität, bei allem was wir machen wollten. Irgendwie kriegten wir es mit der Miete und den Nebenkosten hin. Jeder gab seinen Teil dazu.

So konnten wir wenigstens dafür sorgen, dass Mo ein besseres Leben beginnen konnte und wir die Abende sowie die Wochenenden in Mos Wohnung zusammen verbrachten.

Monis Mutter gewöhnte sich mit der Zeit daran, dass Moni am Wochenende erst am Sonntagabend nach Hause kam. Bei Monika war es schon schwieriger. Wir mussten uns immer was Neues ausdenken, damit sie die Wochenenden mit uns verbringen durfte.

An einem Freitagabend kam die eigentlich immer gut gelaunte Monika mit verheultem Gesicht zu unserem Treffen. Sie war ziemlich fertig.

Ihr Freund hatte sich bei ihr beschwert, dass sie mehr Zeit mit uns verbringen würde als mit ihm. Und darüber hinaus wollte er mehr als nur knutschen und fummeln.

Aber das schlimmste Gefühl entstand, als sie von der Toilette zurückkam.

Sie hörte ihren Freund Phil, wie er zu einem anderen sagte: „Bald habe ich sie soweit, dann geht sie mit mir in die Kiste, wetten!"

„...und dann kommt diese Claudia dran. Mit der habe ich es einfacher. Die ist nicht so eine Zicke!" Und weiter hörte sie: „Mensch Phil, Du kriegst aber auch jede rum! Äh... Vorsicht, da kommt sie!"

Als Phil Monika sah, stellte er sie vor die Wahl. Entweder ein Leben mit ihm oder ohne ihn.

Er sprach davon, wie gut sie doch zu einander passten, dass sie eine Einheit wären, für einander bestimmt seien und gemeinsam die Zukunft gestalten wollten. Und dass nur er Monika wirklich verstehen würde. Darüber hatten sie ja oft geredet. Denn nur er könnte Monika geben, was sie braucht. Er ist der perfekte Mann für sie.

Nun sollte Monika sich endgültig für ihn entscheiden oder für immer aus seinem Leben verschwinden.

Siegessicher schaute Phil seinen Freund an. Monika überraschte ihn allerdings mit ihrer Reaktion.

Sie sagte so ruhig wie es ihr möglich war: „Du Schwein!" Dann drehte sie sich um und ging. Sie ließ Phil, der ungläubig dreinschaute, mit seinem Freund zurück.

Am liebsten hätte sie sofort angefangen zu heulen, denn das war ekelig, hart und schlimm, was sie gerade erlebt hatte.

Wie konnte sie sich nur so von Phil blenden lassen? Eigentlich hatte sie ihn gerne und beinahe hätte sie sich für ihn entschieden. Wenn es ihr auch sehr schwer gefallen wäre, uns nicht mehr so häufig zu sehen.

Nach diesem Bericht konnte sie nicht mehr anders, und Tränen kullerten aus ihren Augen. Wir nahmen sie in unsere Arme und versuchten, sie zu trösten.

Durch unsere Arme gehalten und beschützt ergab sie sich ihrem Schmerz und weinte sehr viel. Immer wieder flüsterte sie zwischen durch: „Dieser Mistkerl!" und „ich will nicht ohne Euch sein!"

Mo sagte nur einmal, während sie Monika zärtlich am Arm streichelte: „Alle Kerle sind Schweine!" Ich fand keine Worte und war unglücklich darüber, dass Monikas Freund ihr das antat.

Moni fragte dann nach: „Was willst Du, Monika? Möchtest Du zu Deinem Freund und mehr Zeit mit ihm verbringen?"

Monika schüttelte bei dieser Frage den Kopf. Moni sagte weiter: „Was auch immer Du willst, für uns ist das Ok! Wir lieben Dich und werden dich immer lieben, egal was Du tust!"

Monika schaute Moni an und hauchte: „Haltet mich fest, bitte, ganz fest!" Moni nahm sie fester in ihre Arme, Mo streichelte ihr über den Kopf, und ich hielt ihre Hände. So standen wir eine Weile stumm da, bis Monika leise sagte: „Ich liebe Euch doch auch! Ich kann nicht ohne Euch sein und ich habe mich entschieden!"

Dann ging ein Ruck durch Monika. Sie löste sich vorsichtig aus der Umarmung, straffte ihren Körper, wischte sich mit ihren Händen die Tränen aus den Augen und sagte: „Ich will, dass wir immer zusammenbleiben, hört Ihr! Der Scheißkerl kann mir gestohlen bleiben. Wenn der mich wirklich lieben würde, hätte der sowas nicht gemacht. Ich will nie mehr einen anderen Freund. Ihr seid meine Freunde!"

„Blöde von mir, deswegen zu heulen, nicht wahr? Aber ich kann nicht anders. Sehe ich schlimm aus? Meine Wimperntusche ist bestimmt verschmiert, oder?" Damit dreht sie sich um und ging ins Badezimmer. Nach einiger Zeit kam sie perfekt gestylt wieder zu uns.

Noch einmal sagte sie: „Scheißkerl!" und trat dabei heftig mit ihrem rechten Fuß auf den Boden. Damit war ihr Freund Geschichte, und alles wurde wieder wie es sein sollte.

Ein Geschenk

Mittlerweile hatte Mo einen Job in einer Autowerkstatt gefunden und verdiente gutes Geld. Moni beendete mit mir die Schule und war als Kassiererin in einem Supermarkt tätig. Monika startete eine Lehre in einer Bank und wollte danach, sehr zum Ärger ihrer Eltern, lieber was Anderes machen. Tja und ich? Ich hatte inzwischen lange, glatte, rötliche Haare und begann eine Lehre als Elektriker.

Während dieser ganzen Zeit trafen wir uns weiterhin regelmäßig in Mos kleiner, gemütlicher Wohnung und waren recht zufrieden. Moni hatte dann irgendwann einmal vorgeschlagen, dass wir sparen sollten, um unseren Traum von einer gemeinsamen großen Wohnung zu realisieren.

So gab jeder seinen Teil an Moni, die unser Geld verwaltete. Mo gab den größten Teil bei. Sie arbeitet hart, war dadurch abends sehr geschafft.

Mo brauchte nicht viel. Eine Flasche Bier, gutes Essen und unsere Gesellschaft.

Moni gab etwas weniger, da sie noch ihre Mutter finanziell unterstützen musste. Monika und ich gaben das, was wir konnten.

An einem milden Sommerabend, ich hatte die Gesellenprüfung gerade mit Erfolg hinter mich gebracht, saßen wir wieder einmal an einem Freitagabend gut gelaunt beisammen.

Wie so oft tranken wir einen Tee und plauderten über die Dinge des Lebens.

Wir waren gerade an der Stelle, wo wir beschlossen, die schönste Erinnerung, die wir hatten, zu erzählen, als Monika fragte: „Könnt ihr euch noch an Weiberfastnacht erinnern, wo wir das erste Mal zusammen unterwegs waren?"

Mo antwortete: „Klar." „Das hat Spaß gemacht", sagte nun Moni. Monika schaute mich an, lächelte und meinte: „Yvonne, da wurde Yvonne getauft!"

„Das war sehr aufregend für mich. Ich hatte doch glatt vergessen, dass ich ein Mann war", gab ich lachend von mir, „vor allen Dingen fand ich das Tragen der Nylonstrümpfe als sehr vergnüglich und angenehm. Ich war traurig, als mir meine Mutter nicht erlaubte dieser Strümpfe zu behalten. ‚Das ist nichts für Jungens', hatte sie gesagt."

Monika meinte: „Das finde ich gemein von deiner Mutter. Obwohl Frauen die schöneren Beine haben. Ich bin der Auffassung, dass nur Frauen diese Strümpfe tragen sollten."

An dieser Stelle unterbrach Moni den Redefluss und sagte: „Nicht jede Frau hat schöne Beine. Yvonne, ich finde es ungerecht, dass Du ..."

Nun mischte sich Mo ein: „Ja, das war unfair von Deiner Mutter. Übrigens finde ich, dass eine Frau auch in einer knackigen Jeans ansprechend aussieht."

Erneut ergriff Monika das Wort und sagte: „Yvonne, ich finde es richtig gemein von Deiner Mutter, Dir diese Strümpfe nicht zu überlassen. Wenn Du doch so daran Spaß hattest, warum nicht? Nur wirst du vermutlich nie eine Frau finden, die das toll finden würde."

Mo äußerte sich auf ihre Weise dazu: „Ist mir doch egal, ich ziehe sowas grundsätzlich nicht an! Aber wenn Yvonne Spaß daran findet, warum soll er das nicht tragen dürfen?"

Ich sagte dazu: „Ich weiß nicht, ob ich heute noch Spaß daran habe. Damals fand ich es aufregend und es war ein tolles Gefühl, diese Strümpfe zu tragen. Ich war sehr traurig, dass ich die Nylonstrümpfe und den Halter nicht behalten durfte."

Da Moni sehr um Gerechtigkeit bemüht war, hatte sie ihre eigene Meinung dazu: „Ich finde, jedem sollte es selbst überlassen werden, was er anzieht und was nicht! Yvonne, ich hätte Dir die Zeit der Erfahrung mit dem Tragen der Nylons gegönnt!"

Monika sagte darauf: „Ich trage sie gerne und möchte sie nicht missen, wenn ich auch sagen muss, dass ich manchmal Strumpfhosen bevorzuge."

Damit wechselten wir das Thema und sprachen noch über viele andere Dinge. Irgendwann ging auch dieser

Abend zu Ende. Wir begaben uns zu Bett, kuschelten aneinander und schliefen friedlich ein.

Am nächsten Morgen trennten wir uns, nach einem ausgiebigen Frühstück. Mo musste zur Werkstatt, Monika und Moni mussten mal zu Hause vorbeischauen. Ich hatte die Aufgabe uns für den Abend etwas einzukaufen.

♥

Am Abend waren wir wieder in Mos Wohnung vereint. Nach einem guten und reichhaltigen Abendessen waren wir in einer ausgelassenen Stimmung und machten es uns gemütlich. Da stand Monika vom Sofa auf und ging in den Flur.

Sie kam mit einer Einkaufstasche zurück und meinte freudestrahlend: „Ich habe hier was für Yvonne!" Sie fasste in die Tasche und zog zwei Packungen Nylonstrümpfe daraus hervor.

„Wir wollten Dir eine Freude machen, darum sind Moni und ich losgezogen und haben Dir diese Strümpfe gekauft. Einmal in naturfarben und einmal in schwarz. Moni hat Dir auch einen Strumpfhalter ausgesucht." Damit entnahm sie der Tasche den Strumpfhalter und hielt ihn hoch: „Ist der nicht hübsch?"

Ich wusste jetzt gar nicht, was ich sagen sollte. „Du musst jetzt ein Paar anziehen und uns zeigen, wie die Strümpfe an Deinen Beinen aussehen", redete Monika weiter, „zuerst die schwarzen!".

Jetzt fühlte ich mich ein wenig überrumpelt, druckste herum und erwiderte schließlich: „Ihr seid lieb. Aber das musste nicht sein." „Los, Du musst sie jetzt anziehen!", rief Monika. „Das ist Deine Chance, zu testen ob Dir das Tragen immer noch gefällt!", sagte Moni dazu.

Mit leicht gerötetem Gesicht antwortete ich: „Ich trau mich nicht!", dann mit einem Lachen: „So in Strapsen, da schäme ich mich."

Meine Ausrede lies Monika aber nicht gelten und sagte daher: „Das hat Moni vorhergesehen." Wieder ließ sie ihre Hand in die Einkaufstasche gleiten und holte etwas daraus hervor.

„Bitte schön, hier ist ein kurzer, dehnbarer Rock! Den haben Moni und ich ausgesucht, der passt Dir bestimmt." „Ist der nicht zu kurz?", fragte ich. „Wir wollen doch was von Deinen Beinen sehen!", antwortete Monika. Nun, ich wollte kein Spielverderber sein. Also stand ich auf, nahm die Sachen an mich und ging ins Badezimmer.

Im Badezimmer entledigte ich mich meiner Hose, befreite meine Füße von den Socken und legte den Strumpfhalter an. Ich nahm die schwarzen Nylons aus der Verpackung. Als ich sie in meinen Händen hielt, freute ich mich plötzlich wie ein kleiner Junge. Voller Aufregung und mit der nötigen Vorsicht zog ich die Feinstrümpfe an und befestigte sie. Ich probierte, ob das Reiben der bestrumpften Beine gegeneinander mir immer noch gefiel.

Oh ja, das tat es, war ein schönes Gefühl. Mir wurde wieder bewusst, wie ungerne ich eigentlich Socken trug.

Ganz auf mich konzentriert zuckte ich zusammen, als Monikas Ruf erklang: „Yvonne, warum dauert das so lang? Du kannst ruhig kommen. Wir lachen auch nicht!"

Ich zog mir den Rock über. Moni hatte ein perfektes Auge. Denn der Rock passte ganz genau.

Unsicher kam ich ins Wohnzimmer zurück und ging in die Mitte des Raumes. Zu meiner Überraschung und Freude waren die Mädels über meine Beine begeistert. Dass ich so wohlgeformte Beine zeigte, hatten sie nicht erwartet.

Mo kam spontan auf mich zu, umarmte mich kurz und küsste mich vorsichtig auf den Mund. „Yvonne, das sieht super aus", hauchte sie mir ins Ohr, als sie an mir vorbeiging, „Du hast auch sehr schöne Füße!"

Dann stellte sie sich hinter mich und berührte vorsichtig meine Hüften. Sie drehte mich im Kreis, damit Moni und Monika meine Beine von allen Seiten betrachten konnten. „Unfassbar schön, …für Männerbeine.", meinte Monika anerkennend.

Dann kam sie zu uns, raffte ihren langen Rock hoch und fragte: „Was sagt Ihr zu diesen Beinen?" dabei drehte sich um die eigene Achse. „Die sind natürlich noch viel schöner", versicherten wir ihr.

Monika lachte: „Ist ja wahr, ich habe die schönsten Beine! Und jetzt zeige mal Deine Beine, Moni."

Moni zog ihre Jeans aus und stellte sich zum Betrachten in die Mitte des Raumes, direkt neben mich. „Auch nicht schlecht", meinte Monika.

„Und nu du, Mo!" „Da mache ich nicht mit" gab Mo von sich. „Sei keine Spielverderberin", sagte Moni.

Wir redeten so lange auf Mo ein, bis sie endlich nachgab. Auch sie hatte tolle Beine, die sich sehen lassen konnten.

Nun standen Moni und Mo in ihren Slips mitten im Raum. Mo und Moni forderte Monika auf, den Rock auszuziehen, weil es sonst unfair wäre.

Daraufhin zog Monika ihren Rock aus. Sie hatte auch einen Strumpfhalter mit schwarzen Feinstrümpfen an und sah damit sehr sexy aus.

Jetzt zeigten sie alle auf mich und sagten: „Yvonne, Du musst jetzt auch den Rock ausziehen, los trau Dich." Nach anfänglichem Zögern zog ich ihn schließlich aus.

Monika holte eine Flasche Sekt aus der Küche und kam damit zurück. „Auf unsere vollkommenen Beine", rief sie frohgelaunt. Ich weiß nicht mehr genau, was dann passierte. Es war in etwa so.

♥

Wir tranken den Sekt, Moni streichelte mit ihrer Hand über meine bestrumpften Beine und fragte nach, wie mir das gefiel. Im Hintergrund lief leise Musik und das Licht war leicht gedimmt. Wir standen ganz eng beieinander und hörten spontan auf zu reden.

Dabei schauten wir uns abtastend an. Wie selbstverständlich fassten wir uns an die Hände. Dabei spürte ich ein Kribbeln, das von den Fingerspitzen angefangen, meinen ganzen Körper durcheilte. Nun rückten wir noch näher zusammen, so dass sich unsere Körper berührten. Obwohl es nicht kalt war, fing ich durch diese Berührung und diese Nähe an zu zittern.

Plötzlich küssten sich Mo und Monika. Moni legte ihren Arm um meine Taille, zog mich noch näher an sich ran und küsste mich. Unwillkürlich schloss ich genießerisch meine Augen.

Augenblicke später bemerkte ich, dass ich plötzlich Monika küsste. Mo hielt Moni in ihren Armen und küsste sie. Nach einer Weile küsste ich Mo und Moni küsste Monika. So küssten wir uns immer wieder im Wechsel und ich fühlte wie mein Blut anfing zu kochen.

Es waren sehr leidenschaftliche lange Küsse, die ich so noch nicht erlebt hatte. Sie gaben und forderten zugleich. Dabei liebkosten und erforschten unsere Hände gegenseitig die Körper.

Es war ein sehr intensives, prickelndes und schauriges Gefühl, so viele Hände am eigenen Körper zu spüren. Ich glaube, nicht nur ich schaltete das bewusste Denken aus. Es gab nur noch eine Gier, die Gier auf einander. An diesem Tag hatten wir unsere erste gemeinsame körperliche Liebe.

Es war berauschend und unbeschreiblich. Dann, danach diese zufriedenen, entspannten und glücklichen Gesichter zu sehen, dieses Strahlen der Augen, die Pfeile der Liebe verschossen, das wissende Lächeln auf den Lippen, das alles war ein riesiges Geschenk.

Ich wusste, dass ich alles dafür tun würde, das noch mal sehen zu dürfen.

Die Körper dicht aneinandergepresst und ziemlich erschöpft, schliefen wir irgendwann ein.

Das letzte, was ich hörte und behalten hatte, waren Monikas Worte: „Mein Gott, warum haben wir das nicht schon viel früher gemacht! Das ist ja sooo schön!"

♥

Das Erwachen

Sonntagmorgen war Moni als erste wach und hatte für uns ein Frühstück zubereitet. Danach kam sie ins Zimmer und weckte uns: „Aufstehen, das Frühstück ist fertig."

Ich lag auf der linken Körperseite, mitten im Bett und hielt Monika im Arm. Hinter mir lag Mo und hatte ihre Arme um mich gelegt. Vorsicht löste sich Mo und verließ das Bett.

Monika und ich räumten fast gleichzeitig die Liegestatt. Zu meiner Überraschung stellte ich fest, dass Monika und ich immer noch die Nylons anhatten. Mich überkam ein Schamgefühl und wollte diese Strümpfe schnell ausziehen. Doch Mo kam auf mich zu und reichte mir den kurzen Rock. „Kannst Du das noch ein wenig anlassen? Für mich.", fragte sie vorsichtig.

Unterdessen schlüpfte Monika in ihren Rock und ging. Um Mo den Gefallen zu tun, zog ich mir den Minirock über. Leise sagte Mo: „Danke!", drehte sich um und eilte aus dem Raum.

Nach und nach trafen wir ein und setzten uns an den Tisch. Es gab alles, was wir uns zum Frühstück wünschten. Moni hatte es perfekt vorbereitet. Trotzdem lag eine gespannte Atmosphäre in der Luft. Schweigend nahmen wir die Speisen und Getränke zu uns.

Ich glaube, wir waren alle erschrocken darüber, was gestern Abend zwischen uns passierte. Darauf waren wir nicht vorbereitet. Es war sehr zwiespältig. Ein so schönes Erlebnis und doch irgendwie falsch? Hatte Monis Mutter letztendlich doch recht mit ihrer Befürchtung.

Lange war es sehr still, bis Moni das Wort ergriff: „Was ist da gestern passiert?", fragte sie und schaute uns der Reihe nach an.

Nach einer kleinen Pause sprach sie weiter: „Natürlich hatte ich schon einen Freund. Davon habe ich Euch nichts erzählt, weil ich Euch nicht verletzen wollte. Ich bin auch mit ihm ins Bett gegangen und fand viel Spaß dabei. Ich glaube, ich mag Sex."

„Aber immer, wenn ich mit ihm schlief, tauchte da das Gefühl auf, Euch zu verraten und zu betrügen. Das konnte ich bald nicht mehr ertragen und so habe ich mit ihm Schluss gemacht! Denn Euch zu verlieren, ist meine größte Angst."

Hier machte Moni eine kleine Pause: „…und ich hätte nie gedacht, dass ein Frauenkörper mich sexuell ansprechen könnte. Ich bin nicht lesbisch oder so, wirklich!"

„Aber das gestern Abend, wow, das stellt alles in den Schatten. Es war unbeschreiblich!" Mit den letzten Worten blickte sie auf mich und redete weiter: „Ich bin jetzt irritiert und verunsichert. Bin ich nun doch lesbisch oder nicht? Eure Körper zu spüren und zu entdecken, unser Küssen und unsere Liebe hat mir mehr gefallen als alles Bisherige!" Nach diesem Bekenntnis schaute sie uns erwartungsvoll an.

Wir schwiegen einen Augenblick, um das Gehörte zu verarbeiten. Dann unterbrach ich das Schweigen und sagte: „Moni, ich finde es gut, dass Du Erfahrung mit einem Mann gemacht hast. Du hättest es uns aber auch früher sagen können. Für mich ist das in Ordnung!

…und gestern? Ich finde, es ist etwas Besonderes zwischen uns geschehen, und ich wusste es eigentlich schon immer, aber jetzt bin ich mir ganz sicher, ich liebe Euch alle!"

„…und ob Du lesbisch bist oder nicht, ist nicht wichtig. Ich meine, es zählt doch nur, was Du gefühlt hast. Es…" „Ich kann Euch sagen," unterbrach mich Moni, „Das war …"

Nun ergriff Monika das Wort: „Ihr Lieben, das war das Schönste, ach was, das Allerschönste in meinem Leben. Mir läuft jetzt noch ein Wonneschauer über den Rücken. Können wir das noch mal machen?"

Diese Worte lösten die Verspannung, die wir in uns spürten und verdrängten unsere Unsicherheit und Zweifel. Wir lachten, schauten uns lieb an und fassten uns zärtlich an den Händen. Ohne Worte gaben wir uns ein Versprechen.

Mo hatte, wie es nun mal ihre Art war, nur drei Worte: „Es war schön!" Wie zur Bestätigung, dass wir akzeptierten, was da gestern passierte, küssten wir uns wechselseitig.

Irgendwann standen wir vom Tisch auf und räumten ausgelassen und verspielt den Frühstückstisch ab. Mit Albernheiten, Witzeleien und immer wieder zwischendurch einem Kuss, machten wir alles sauber.

Nacheinander begaben wir uns anschließend in das Badezimmer. Als ich dahin gehen wollte, fragte mich Mo: „Yvonne, kannst Du für mich die Strümpfe mit dem Rock anlassen?" Monika schloss sich an: „Ja, mach das unbedingt."

„Damit kannst Du dich sehen lassen. Sieht gut aus.", Moni nickte zustimmend.

Da mir das Tragen dieser Kleidungsstücke gefiel, erfüllte ich Mos Wunsch nur zu gerne. Nachdem sich alle frisch gemacht hatten, gingen wir ins Wohnzimmer.

Moni machte es sich auf dem Sofa gemütlich und legte sich darauf. An ihrem Fußende setzte sich Mo, nahm einen Fuß von Moni in ihre Hände und begann, den zu massieren. „Das ist angenehm", sagte Moni.

Ich machte es mir in einem Sessel bequem und Monika setze sich zu meinen Füßen. Sie legte ihren Kopf in meinem Schoss und streichelte mit ihren Händen meine Beine. Meine Fingerkuppen fuhren zärtlich durch ihre Haare. Es war eine schöne und entspannte Atmosphäre im Raum.

Plötzlich richtete Monika sich auf und fing an zu reden: „Ich habe eine Idee! Hört mal. Was haltet Ihr davon, wenn wir Yvonne rausputzen, uns toll anziehen und so zusammen Pizza essen gehen? Yvonne kann dann in den Nylons herumlaufen. Das macht bestimmt Spaß. Was meint Ihr?"

Mo erwiderte: „Pizza essen okay, aber rausputzen ist nicht mein Ding! Aber ich würde gerne Yvonne in Nylons sehen! Ich glaube, ich steh drauf."

Jetzt schaute mich Mo etwas verlegen an und sagte mit vorsichtiger Stimme: „Weiberfastnacht, an dem Tag habe ich mich in die Frau verliebt, die Du warst, in Yvonne."

♥

Geheimisse

Danach blickte sie uns der Reihe nach an und schob mit leisen Worten nach: „Ich kann keine Männer lieben, ich mag Frauen mehr! An Weiberfastnacht und gestern Abend habe ich erkannt, dass Yvonne eine Ausnahme ist. Ihm vertraue ich!"

„Ich habe noch niemanden etwas davon erzählt. Aber nachdem, was wir gestern gemeinsam erlebt haben, will ich Euch alles sagen. Es begann, als ich ein kleines Mädchen war. Wie alt, weiß ich nicht mehr."

Nach einer kleinen Pause begann sie zu erzählen: „…eines Abends, mein Stiefvater war mal wieder besoffen, kam er zu mir ins Zimmer. Ich war gerade eingeschlafen."

„Er weckte mich, räumte meine Bettdecke zur Seite und schob mein Nachthemd hoch. Mit einer Hand presste er mich ins Bett, während die andere Hand unter meinen Slip glitt. Er fasste mich unten an. Dabei lallte er: ‚Alle kleinen Mädchen mögen das!'

Ich fing an zu schreien, versuchte mich zu wehren und seine Hände weg zu drücken. Aber er war zu kräftig. Dann begann er, mich zu bedrohen. Er presste mir seine Hand auf meinen Mund und sagte, wenn ich mich nicht ganz ruhig verhalten würde, dann würde mir was ganz Schlimmes passieren.

So hielt ich den Atem an und traute mich nicht, mich zu bewegen.

Es geschah dann immer öfter, dass mein Stiefvater abends besoffen in mein Zimmer kam und mich berührte. Starr vor Angst ließ ich es über mich ergehen.

Meine Angst schien ihn erst recht zu beflügeln, das zu tun. Er lachte immer dabei und sagte: ‚Ist das nicht schön, kleines Liebchen?'

Oh, wie sehr ich seine dreckigen Hände hasste und verabscheute. Sein nach Alkohol riechender Atem und seine nach Schweiß riechende Körperausdünstung werde ich wohl nie vergessen können."

Mo verzog angewidert ihr Gesicht und sprach weiter: „...aber es half nichts. Einmal wollte ich mit meiner Mutter darüber reden, als mein Stiefvater dazu kam: ‚Weißt du, was mit kleinen Mädchen geschieht, die Lügen verbreiten?', fragte er und zeigte mir seine Faust. Mit großer Angst lief ich schnell in mein Zimmer.

Und es ging weiter. Immer öfter. Abend für Abend, Nacht für Nacht. Ich hatte solche Angst einzuschlafen. Und er tauchte immer erst dann auf, wenn ich vor Müdigkeit gerade eingeschlafen war. Es war entsetzlich."

Durch diese Erinnerung fing Mos Körper an zu zittern. Das zu hören, tat richtig weh und machte mich wütend. Mo trank einen Schluck, beruhigte sich etwas und fuhr mit ihrer Erinnerung fort:

„Als ich elf war, ich lag wie so oft zitternd vor Angst im Bett, hörte ich, wie mein Stiefvater wieder mal meine Mutter verprügelte. Dann plötzlich, mit einem Ruck, wurde meine Zimmertür aufgestoßen und mein Stiefvater stürmte herein. An der Hand zog er meine Mutter hinter sich her."

Mo bebte erneut am ganzen Körper und Tränen flossen ihr aus den Augen, als sie uns das Erlebte schilderte. Wir gingen zu ihr hin und wollten sie tröstend in unsere

Arme nehmen. Doch sie schüttelte unsere Arme ab und sprach mit stockenden Worten weiter:

„Meine Mutter musste sich an das Fenster stellen und sollte zusehen. Er riss meine Bettdecke herunter, schob mein Nachthemd hoch und zog mir mein Höschen aus, so dass mein ganzer Körper unbedeckt war.

Ich konnte mich nicht bewegen. Eine Starre hatte mich erfasst und ich hatte das Gefühl, meinen Körper verlassen zu haben und war nur noch Zuschauerin.

Dieser Mann schaute mich gierig an und meinte, dass ich jetzt alt genug sei, um Männer glücklich zu machen.

Er zog seine Hose runter. Der Anblick war widerlich. Meine Mutter stand bewegungslos, mit weit aufgerissen Augen da, sagte und tat nichts.

Ich hatte eine riesige Angst und wusste nicht, wie ich mich aus dieser Situation befreien konnte.

Als mein Stiefvater gerade zu mir ins Bett steigen wollte, kam mein ältester Stiefbruder, Rainer, an der offenen Tür vorbei.

Zu meinem Glück war er heute unerwartet zu Hause. Er sah, was da gerade passieren sollte. Rainer kam hereingerannt, griff meinem Stiefvater in den Nacken und warf ihn zu Boden.

Mit einem Fußtritt in seine Rippen schrie er ihn an: ‚Du besoffenes Schwein! Raus hier, aber dalli! Wenn Du das kleine Mädchen nicht in Ruhe lässt oder noch einmal anfasst, bringe ich Dich um! Wirklich, das tue ich! Dann mache ich Dich kalt! Und jetzt, …raus!' Mein Stiefvater krabbelte, mit heruntergelassener Hose und auf allen vieren aus dem Raum.

Während dessen wandte Rainer sich meiner Mutter zu: ‚Und Du? Wie konntest Du dabei zusehen? Die eigene Mutter! Warum beschützt Du deine Tochter nicht?'. Er spuckte ihr vor die Füße und schrie sie an: ‚Pfui! Was bist Du nur für ein grausamer Mensch?'. Er zeigte mit seinem Finger Richtung Zimmerausgang: ‚Los, geh, …raus!'

Mit gesenktem Kopf und wie eine Marionette die an Fäden geführt wird, bewegte sich meine Mutter aus dem Raum.

Nachdem ich mit Rainer alleine im Zimmer war, reichte er mir Taschentücher, damit ich meine Tränen abwischen konnte. Danach zog er mich an und deckte mich mit meiner Bettdecke zu.

Er sagte mit einschmeichelnder Stimme: ‚Ich pass auf Dich auf, kleine Schwester. Das passiert nie, nie wieder, das schwöre ich dir! Schlaf schön, ich wache über Dich!' Er ging aus dem Zimmer, machte das Licht aus und schloss leise die Zimmertür. In dieser Nacht habe ich seit langer, langer Zeit endlich ungestört schlafen können."

„Von diesem Tage an sprach mein Stiefvater kein Wort mehr mit mir. Ab und zu rief er: ‚Schlampe' oder ‚Nutte' hinter mir her. Meine Mutter machte mir einen Tag später Vorwürfe. Ihr Mann hatte ihr erzählt, ich hätte ihn mit meinem jugendlichen Körper gereizt und verführt und wäre deshalb selber schuld.

Urplötzlich packte sie mich an den Haaren. Sie schleppte und zerrte mich ins Badezimmer. Dort schnitt sie mir meine langen Haare ab. Ich weinte bitterlich dabei. Dann sagte sie mir, dass ich nur noch in Hosen und angekleidet mein Zimmer verlassen dürfte, um ihren Mann ja nicht wieder zu reizen.

Sie ging, holte Kleidung von meinem Bruder, kam zurück und schmiss sie mir vor die Füße. ‚Zieh das an, du Luder', sagte sie dabei. Ich bekam keine Luft mehr, mir wurde schwindelig und ich weinte, wie noch nie in meinem Leben. Ich schwor mir in diesem Moment, dass mich nie wieder ein Mann berühren durfte. Nie, nie wieder!

Meine Mutter schrie mich an: ‚Das hast Du davon! Wie konntest Du dich meinem Mann so an den Hals werfen? Du Flittchen! ', mit diesen Worten ließ sie mich alleine. Ich konnte noch hören wie sie zu sich selber sprach: ‚Ich bin eine gute Mutter.' Ich zog mir rasch die Sachen von meinem Bruder an und rannte so schnell wie ich konnte aus dem Haus.

Dann lief ich durch die Straßen, bis ich ein Versteck gefunden hatte, in dem mich keiner finden würde, und weinte mir alles von der Seele. Ich fand in diesem Augenblick, das Leben ist Scheiße!"

„So, nun wisst ihr alles!", Mo schaute uns provozierend und hilflos zugleich an. Da war sie wieder, die liebe verletzliche Mo. Wir waren sehr schockiert über die Erzählung aus ihrer Vergangenheit.

Ohne Worte nahmen wir sie in unsere Arme. Wir streichelten und liebkosten sie, als könnten wir wieder gut machen, was sie erlebt hatte. Mo schmiegte sich fest in unsere Arme und weinte.

Nach einer ziemlich langen und schweigsamen Zeit war es vorbei.

Da kam sie wieder zum Vorschein, die starke Mo. Sie straffte ihren Körper und löste sich aus unserer Umarmung.

Wir schauten uns alle verliebt in die Augen. Dann unterbrach Moni das Schweigen und sprach für uns: „Ist ja gut! Wir lieben Dich, und es tut uns schrecklich leid, was Du erleben musstest. Wir lieben Dich!"

Und weiter sagte sie: „Ich habe nachgedacht und bin zu folgendem Schluss gekommen. Mo ist ‚Mo'", dann schaute sie mich an, „Yvonne, Du bist für mich ‚Ni' und Monika ist ‚Ka' und zusammen seid ihr für mich ‚MoNiKa', und in die bin ich ganz vernarrt und möchte nicht mehr ohne sie sein!"

Nach dieser Liebeserklärung sagte Monika: „Liebes, das geht mir doch auch so! Auch ich liebe Euch alle! Von Euch bekomme ich doch alles, was ich brauche. Aufmerksamkeit, Bewunderung, Liebe, Hilfe und Trost. Das will ich alles behalten. Wir bleiben zusammen, hört Ihr? Ich will das so, einverstanden? Mo, das tut mir leid, was da passiert ist. Männer können solche Schweine sein."

Wir nickten ihr zu, und Mo sagte, noch immer aufgewühlt durch ihre Erinnerung und Erzählung: „Ich danke Euch. Ihr seid so lieb. Wir bleiben zusammen, denn ich liebe Euch alle, klar? Ihr seid meine Familie, klar?"

Ich schaute alle lieb an und sagte zu Mo gewandt: „Dass Du das durchmachen musstest, ist einfach schrecklich. So was sollte kein Kind je durchmachen müssen. Was können wir tun, um Dir zu helfen, dieses schlimme Erlebnis zu verarbeiten?"

„Das werde ich wohl nie vergessen können!" Mo schaute uns der Reihe nach in die Gesichter und sprach mit einem ernsten Gesichtsausdruck: „Seid einfach immer für mich da und tut mir nie so etwas Abscheuliches an!"

Wir ließen uns auf den Teppich gleiten, kuschelten aneinander, hielten uns ganz, ganz fest und schliefen ein. Mos Bericht war aufwühlend und schrecklich zugleich. Und obwohl nur sie das erlebt hatte, fühlte ich eine Wut und eine Ohnmacht in mir. Nicht nur ich bedauerte es sehr, dass niemand von uns es hatte verhindern können.

Nach dem Aufwachen herrschte eine gedrückte Stimmung im Raum. Wir einigten uns darauf, uns erst mal was zu essen zu machen. Nach dem Essen setzten wir uns wieder ins Wohnzimmer, und ich begann zu erzählen: „Ich weiß nicht, wie und wo ich beginnen soll."

„Mo, ich kann ein bisschen nachvollziehen, was Du durchmachen musstest. Denn ich hatte ein ähnliches Erlebnis. Eines nachts kam mein Vater, auch besoffen, zu mir ins Zimmer und forderte mich auf, ihm mein Geschlechtsteil zu zeigen. Das wollte ich aber nicht und habe gefragt, warum er das wollte.

Wir haben diskutiert, und mein Vater ist abgezogen, ohne mein Teil zu sehen. Aber er kam immer häufiger, mit nach Alkohol stinkender Fahne, nachts zu mir, weckte mich und forderte mich auf, ihm mein Teil zu zeigen. Ich fand dieses Begehren meines Vaters als sehr beklemmend und beängstigend.

Jede Nacht hoffte ich, dass er mich in dieser Nacht nicht weckte. Aber die Hoffnung erfüllte sich nicht. Er kam trotzdem. Das ist natürlich nicht so schlimm gewesen, Mo, wie das, was Du erleben musstest.

Einmal sagte er: ‚Ich will doch nur mal sehen, wie Dein Teil gewachsen ist. Ob der auch so klein ist wie meiner. Ich habe Angst, dass Du die gleichen Probleme mit Frauen bekommst, wie ich sie hatte.

Deine Mutter habe ich nur geheiratet, weil sie die einzige war, die mich rangelassen hat. Aber das bleibt unser Geheimnis, okay? Sag Mutti nichts davon. So, nun zeig mir Dein Teil!'

Irgendwann war ich so genervt und wollte, dass diese nächtlichen Besuche meines Vaters endlich aufhörten. Aus diesem Grunde habe ich ihm tatsächlich einmal mein Teil gezeigt. Als er mein Stück sah, wollte er danach greifen und es anfassen.

Damit war ich aber nicht einverstanden und habe meine Unterhose schnell wieder hochgezogen. Zu meiner Erleichterung gab er sich damit zufrieden.

Er stellte mir auch allerlei merkwürdige Fragen. Ob mein Teil groß und steif wird, ob ich auf Frauen stehe, was ich beim Betrachten von Frauen empfinden würde und andere Fragen dieser Art."

„Als ich dann so etwa dreizehn Jahre alt war, hörte das mit den Nachtbesuchen endlich auf, worüber ich sehr erleichtert war."

Mo rückte näher, umarmte mich und drückte vorsichtig meinen Kopf an ihre Schulter. Leise sagte sie zu mir: „Wir gehören jetzt zusammen! So was passiert uns nie, nie wieder! Dafür sorge ich!" Moni sagte: „Das ist ja auch Mist!" „Dein Vater tickt ja nicht mehr ganz sauber im Kopf. Warum hat er das gemacht?", fragte Monika. Mo sagte verächtlich: „Männer!"

Ansonsten fanden wir keine Erklärung und damit war das Thema beendet, und Monika fragte bald darauf: „Wer hat Durst? Ich besorge uns was!" Schon eilte sie in die Küche und kam einen Moment später mit einem Tablett voller Getränke zurück.

„Nun bin ich an der Reihe, euch etwas von mir zu erzählen", sagte Moni und fing an: „Mein Vater ist abgehauen, als meine Mutter mich noch im Bauch hatte. Meine Mutter musste uns alleine durchs Leben bringen, was nicht immer einfach war. Ich war dadurch schon früh gezwungen, meiner Mutter im Haushalt zu helfen, und lernte Dinge kennen, für die ich eigentlich noch zu jung war.

Wenn meine Mutter mich auf ihren Schoß platziert und mir einen Zopf geflochten hat, sagte sie mir häufig, dass sie es bedauerte, dass ich nicht wie ein normales kleines Mädchen aufwachsen könne. Sie versuchte es aber auf ihre Weise, mir eine glückliche Kindheit zu verschaffen. Ich finde, das ist ihr gelungen. Meine Mutter und ich haben viel Spaß zusammen gehabt.

Nur einmal sagte ich ihr, dass ich es bereue, geboren zu sein, und dass ich ihr dadurch das Leben so schwergemacht hätte. Das war bis heute das einzige Mal, dass meine Mutter mir eine Ohrfeige gegeben hatte.

Sie drücke mich anschließend ganz fest, streichelte mir über meinen Kopf und sagte: ‚Ich will so etwas nie wieder von dir hören.'

,Du bist das Beste und Schönste, was mir im Leben je passiert ist. So was darfst Du nicht einmal denken, hörst Du!' Aber dieses Gefühl bin ich bis heute nicht losgeworden."

Wir blieben einen Moment lang still, bis Monika nachdenklich sagte: „Ach, ihr Armen!". Augenblicke später änderte sich ihre Stimmung und sie rief fröhlich: „Im Gegensatz zu Euch hatte ich eine schöne Kindheit!"

„Früh bekam ich schon die schönsten Sachen zum Anziehen, und alle bewunderten mich. Meine Mutter hatte nicht nur eine Haushaltshilfe. Sie hatte auch eine Frau, die sie schminkte. Diese Frau, Eva hieß sie, glaube ich, oder so ähnlich, hat mir früh beigebracht, wie sich eine Lady perfekt zurechtmacht. Von ihr habe ich alle Schminktricks gelernt."

„Meine Eltern sind oft mit mir auf Modenschauen gegangen. Hin und wieder nahm ich an Kindermodenschauen teil. Selbstverständlich war ich immer die Schönste."

„Ich bekam von meinen Eltern Schmuck und alles zum Anziehen, was ich mir wünschte. Wenn ich mal traurig war, hat mich unsere Haushaltshilfe, die liebe Paula, getröstet. ,Eine wirkliche Lady ist nie traurig und zeigt es auch nicht!', klärte mich meine Mutter auf. Nun, ich wollte eine echte Lady sein und war deshalb nicht häufig traurig."

„Einmal allerdings wollte ich gerne einen Hund haben. Aber meine Eltern waren dagegen. Die seien nichts für so hübsche Mädchen, meinten sie. Na, da hatten sie wohl gar nicht so unrecht!"

Was sollte ich darauf sagen? Mir tat Monika leid. Sie hatte auch keine typische Kindheit erleben dürfen. Zu ihrem Glück wusste sie es nicht einmal.

♥

Moni stand auf und holte für uns alle eine Tasse Kaffee: „Ich habe mir folgendes überlegt", begann sie.

„Monikas Idee von rausputzen und Pizza essen gehen, ist für uns alle gar nicht so schlecht. Mo, wir sollten Dich wie Yvonne zurechtmachen, damit Du deine Vergangenheit aufarbeiten kannst. Überleg dir das. Dir kann nichts passieren, wir beschützen Dich!"

Monika rief dazwischen: „Au ja, lass uns das machen!" Moni kam zu mir, nahm mich an die Hand und führte mich zur Mitte des Zimmers. Da ließ sie mich los, ging zurück zum Sofa und setzte sich.

Sie schaute mich von da aus noch mal genau an und taxierte meine komplette Erscheinung: „Ja", sagte sie schließlich, „das wird funktionieren. Deine Figur ist ein bisschen weiblich, und Du siehst in Kleidern bestimmt süß aus."

Damit warf sie mir einen Handkuss herüber und sprach mich direkt an: „Was hältst Du von Monikas Idee, als Frau Yvonne mit uns Pizza essen zu gehen?"

Unsicher antwortete ich: „Ihr seid ja verrückt!" Dann schaute ich in Mos Augen und sah ihren flehenden Blick. Monika klatschte in ihre Hände und rief: „Sag ja, bitte!" In diesem Augenblick konnte ich nicht anders und stimmte zu. Wir beschlossen, es an einem der nächsten Wochenenden durchzuziehen.

Jetzt kam Monika in Fahrt: „Wir müssen aber für Mo und Yvonne noch einiges zum Anziehen besorgen."

Moni nickte und fragte mich: „Welche Schuhgröße hast Du eigentlich?" Ich nannte ihr meine Größe, und sie meinte: „Das ist gut, für Deine Größe gibt es genug Auswahl."

Monika stellte die Frage: „Was machen wir mit den Haaren? Was haltet ihr davon, wenn wir alle blonde Haare hätten?" Mo antwortete: „Ich weiß nicht."

Aber Monika hatte hierzu schon eine Idee: „Ich kenne da ein Friseurladen, da leiht sich meine Mutter schon mal eine Perücke für ein Wochenende aus. Ist gar nicht teuer! In dem Laden werden wir bestimmt was für Mo und Yvonne finden."

Nun überraschte uns Mo, denn sie fragte: „Darf ich die Perücken aussuchen?"

Monika schaute uns an und sagte schließlich: „Unbedingt, aber blond sollten sie schon sein. Dann sind wir alle blond, wäre das nicht super?"

Monika fasste den Plan zusammen: „Also, Mo und Moni besorgen die Perücken, ich suche die Schuhe aus. Pumps mit ein wenig Absatz. Moni und ich gehen dann shoppen und besorgen, was wir sonst noch brauchen. Einverstanden?"

„Und was mach ich?", fragte ich nach. „Du kannst mit shoppen gehen oder abwarten, was kommt."

Mit einem hintergründigen Lächeln fragte Moni: „Was haltet ihr davon, wenn wir jetzt gemeinsam duschen gehen und dann noch mal ins Bett hüpfen?" Heiter rief Monika: „Au, ja!" Als wir dann endlich einschliefen, hatte ich einen sehr intensiven und berauschenden Traum.

Das letzte Geheimnis

Nach diesem Wochenende liebten wir uns umso mehr. Wir gehörten einander. Nach dem Motto „Alle für eine und eine für alle!"

Die folgenden Tage, Montag bis Freitag, gingen schnell vorbei. Tagsüber waren wir alle arbeiten und sahen uns nur abends. Wir freuten uns auf das kommende Wochenende.

Und das nächste Wochenende begann, wie das vorherige aufhörte. Wir waren ein eingespieltes Team, so als wären wir schon Jahrzehnte zusammen. So eng verbunden, dass wir uns die Wünsche gegenseitig von den Augen ablesen konnten.

Alles war so harmonisch und gut auf einander abgestimmt, so wie Farben, die zueinander passten. Es fielen nur liebe Worte. Wir hatten uns ja so viel zu erzählen.

Zum Beispiel erzählten wir uns, welche Lieblingsfarbe wir hatten, welche Songs wir am liebsten hörten, was wir gar nicht mochten und noch vieles andere mehr.

Jetzt hielt ich den Zeitpunkt für gekommen, auch das letzte Geheimnis, welches ich noch hatte, preiszugeben: „Ich verrate Euch etwas, was sonst noch keiner weiß", begann ich langsam.

„So ab dem zwölften Lebensjahr bekam ich plötzlich einen Ansatz von weiblichen Brüsten und war darüber sehr erschrocken. Ich wusste nicht, ob das normal ist. Ich habe damals mit keinem darüber gesprochen, und zu meiner Erleichterung ist dieser Ansatz nach ein paar Tagen wieder verschwunden.

Doch ab diesem Tag tauchte die Ausbildung einer Brust immer wieder auf, ich kann sagen, periodisch. Während dieser Zeit träumte ich nachts oft von eigenen Brüsten und dass ich als Frau lebe und dass ich dabei sehr glücklich bin. Jeden Morgen wachte ich dann schweißgebadet auf."

Die Mädels sahen mich ungläubig an. Denn von so was hatten sie noch nie gehört.

„Und immer, wenn ich einen kleinen Busen hatte, fühlte ich mich anders als sonst. Hatte andere Ideen, Geschmäcker, Interessen und bin auch viel empfindlicher gegenüber allem. Nach ein paar Tagen bildete sich der Busen zurück. Ich war darüber eine Zeit lang sehr irritiert, traute mich aber nicht, mit irgendjemand darüber zu reden."

„Heute gehört das für mich dazu. Mittlerweile stelle ich fest, dass nicht nur die Brüste länger bleiben, sondern, dass sie auch etwas größer werden als früher. Immer öfter sehne ich mich dann nach einer eigenen weiblichen Brust und werde traurig, wenn sie sich wieder zurückbildet!"

„Da entspreche ich wohl eher nicht der Norm von normalen Männern, nehme ich an. Ihr müsst zugeben, dass meine Körperform auch nicht der eines Durchschnittsmannes entspricht. Meine Formen sind schon sehr feminin."

Mit angehaltenem Atem wartete ich auf die Reaktionen. Ich schaute Mo, Moni und Monika der Reihe nach an.

Monika ergriff als Erste das Wort und fragte: „Möchtest Du wirklich eigene Brüste haben?"

„Manchmal! Ja, das möchte ich!", gab ich von mir. Monika erwiderte darauf: „Oha!"

Nach einer Weile sagte sie unsicher und mit einem schüchternen Lächeln: „Yvonne, Du hast ja jetzt unsere Brüste!"

Dann nach einer kleinen Pause meinte Moni: „Jetzt erinnere ich mich, bei unserem Liebesakt ist es mir schon aufgefallen, habe mir aber nichts dabei gedacht." Dann fragte sie: „Das mit Deinen auf und abschwellenden Brüsten, ist das immer noch?"

Ich knöpfte mein Hemd auf und zog Hemd sowie Unterhemd aus, präsentierte meinen nackten Oberkörper und sagte: „Ja, schaut! Im Moment sind sie wieder da."

Mo sah meine Brust an, staunte nicht schlecht und sagte: „Es ist wahr, Du hast wirklich kleine Brüste." Monika streichelte und liebkoste mit ihren Fingerkuppen meine Brustwarzen und fragte: „Fühlst du das?" „Ja, es ist erregend!", antwortete ich.

Moni beugte sich zu mir, küsste mich am Ohrläppchen und meinte: „Von sowas habe ich noch nie gehört! Das ist aber eine üble Laune der Natur. Warst Du damit schon mal beim Arzt?" „Nein", antwortete ich. Jetzt waren wir alle still und dachten über das Gehörte nach.

Schließlich lachte Monika heiter und sagte: „Aber das steht dir. Die machen Dich sexy!" Mo schaute immer noch auf meine Brüste und erklärte: „Die finde ich schön!" Moni sah mir tief in die Augen und stellte mir die Frage: „Wie kommst Du wirklich damit zurecht?"

„Ich fühle mich irgendwie instabil. Ich meine, wenn dieser Busen da ist und noch kurze Zeit nach dem Verschwinden habe ich leichte Schwindelgefühle. Daran habe ich mich aber inzwischen gewöhnt", antwortete ich auf ihre Frage.

Ich fand das so toll, wie die Gruppe auf mein Geheimnis reagiert hatte. Sie lachten mich nicht aus, sondern taten eher das Gegenteil. Sie nahmen es sehr ernst und hatten teilweise sogar Spaß mit meinem kleinen Busen und nahmen mir damit die Bedrohlichkeit, die diese ständigen Brustumwandlungen mitbrachte. In so einem Team zu sein ist einfach herrlich.

An dem Tag schien die Drehung der Uhrzeiger ihre eigene Geschwindigkeit zu haben. Immer wenn sich mein Blick auf die Uhr richtete, waren es Stunden später.

Ich wünschte mir, dass diese Harmonie, dieses liebe Miteinander immer so bliebe.

Es war so, es war so PERFEKT!

Die folgenden Wochen vergingen wie im Fluge. Monika brachte in dieser Zeit für Mo und mich Pumps in verschiedenen Farben und Ausführungen mit: „Hi, Ihr Lieben! Mo, Yvonne, ihr solltet damit laufen lernen, bevor wir auf Tour gehen."

Mo war zunächst gar nicht begeistert, aber sie machte dann doch mit. Wir zwei zogen nun bei jeder Gelegenheit diese Pumps an und lernten unter Anleitung von Monika, wie eine Dame damit herumstolziert.

Einmal ließ Mo sich zu Boden sinken und fluchte: „Diese Dinger sind nichts für mich!"

Damit meinte sie die Pumps. „Hast du keine Probleme, Yvonne?" „Nein, es geht schon", antwortete ich. Ehrlich, ich war überrascht wie gut ich mit den Pumps gehen konnte.

Monika meinte, mit diesen Schuhen hätte ich noch schönere Beine, die jeden Vergleich mit Frauenbeinen standhalten würden. Auch Mo war begeistert, wie ich mit Minirock und Pumps daherkam. Moni zeigte nur ein gefälliges Lächeln und sagte: „Hübsch, sehr hübsch."

In den folgenden Tagen präsentierten Moni und Monika uns Kleider, Röcke, Blusen und weiteres. Mo und ich sollten alles anprobieren. Also machten wir eine kleine Modenschau.

Mo war erst sehr zögerlich. Sie hatte sowas noch nie getragen und wollte es eigentlich gar nicht. Es gelang uns, sie zu überreden. Schließlich ließ sie sich darauf ein und machte mit. Sie schimpfte über das eine oder andere Stück: „Das ist zu eng, das mag ich nicht!" oder „Da sieht man zu viel Busen, das gefällt mir nicht."

Doch mit jedem Teil, das ihr behagte und von dem wir ihr sagten, dass sie gut darin aussah, verschwand dieses Zögern. Auch weil sie sich beim Betrachten im Spiegel selber gefiel. Bald darauf musste ich mit ihr um die Kleidungsstücke feilschen.

Anfänglich kam ich mir albern und komisch vor. Doch mit zunehmender Dauer machte es mir mehr Spaß, Frauenkleidung anzuprobieren.

Auch weil alle mich motivierten: „Yvonne, das steht Dir gut! Das werden wir behalten.", meinte Moni. Mo sagte dazu: „Toll siehst Du damit aus."

„Soll ich das auch mal anprobieren?" Monika rief: „Ja, Mo, zieh das auch mal an und Yvonne probiert mal den weiten, langen, schwarzen Rock und nimm die rosa Bluse dazu!"

Monika war so richtig in ihrem Element und feuerte uns an. Gemeinsam suchten und sortierten wir auf diese Weise die schönsten Kleidungsstücke aus. Die nicht gefälligen Stücke nahm Moni wieder mit.

In den nächsten Tagen lehrte uns Monika alles über das optimale Schminken. Auch das mussten Mo und ich üben. Obwohl wir beide auch hierzu erst überredet werden mussten. Schließlich war es vollbracht, wir konnten es im Schlaf.

Damit Mo und ich uns an dieses Outfit gewöhnen konnten, empfahl uns Moni, an den Wochenenden geschminkt, in einem Kleid oder Rock und High Heels in der Wohnung herumzulaufen. Es machte mir zunehmend Spaß und wurde langsam zur Gewohnheit. Mo verlor mit der Zeit ein wenig von ihrer Abneigung gegen diese Frauenkleidung.

So gingen die Wochen dahin. Wir hatten einen super Spaß miteinander und waren glücklich.

Ein Verdacht

Eines Abends machten wir es uns wie so oft in Mos Wohnung bequem, als Moni mich fragte: „Du hast doch erzählt, dass Du in Donnerheim geboren bist!" „Ja, das stimmt", gab ich zur Antwort.

„Ich bin da auf einen interessanten Artikel in einer Fachzeitschrift gestoßen, die meine Mutter immer aus dem Krankenhaus mitbringt. In Donnerheim gibt es nur ein Krankenhaus, richtig?", fragte Moni.

Ich nahm mir ein paar Erdnüsse vom Tisch, steckte sie gerade in den Mund, als Moni mich das fragte. Mit vollem Mund antwortete ich: „Weiß ich nicht! Ich war nie wieder in Donnerheim!" Monika nestelte an ihren Haaren herum und fragte: „Liebes, was ist daran interessant?"

„Wusstet Ihr, das in diesem Krankenhaus während des Krieges Experimente durchführt wurden, um mehr Soldaten für den Krieg zu bekommen?", berichtete Moni weiter, „sie haben an Ungeborene herumexperimentiert, um aus weiblichen Embryos männliche zu machen. Sie hatten Ende 1944 ein fast fertiges Verfahren dafür. Aber dann war der Krieg zu Ende und alles geriet in Vergessenheit."

Mo lümmelte auf dem Sofa und hörte interessiert zu: „Das ist ja ungeheuerlich.", sagte sie.

„Ja, das ist es", sagte Moni. „Nach dem Krieg brachte der Professor, der auch zu Kriegszeiten die Leitung für diese Experimente hatte, dieses Verfahren zur Vollendung und wendete es an. Übrigens war er der Leiter des Krankenhauses in Donnerheim."

„Meinst Du das Krankenhaus, in dem Yvonne geboren wurde?", fragte Monika. „Ja, und der Professor hatte auch eine Methode entwickelt, nach der vorhergesagt werden konnte, welches Geschlecht das Ungeborene, das noch im Mutterleib war, hatte", sagte Moni.

„Einige Eltern wollten aber kein Mädchen und wünschten sich verzweifelt einen Jungen.

Und so bot er diesen Eltern sein Verfahren an, das Ändern des Geschlechtes. Dankbar willigten die Eltern ein und waren sehr glücklich darüber, ihr Wunschkind zu bekommen."

Monika rief: „Das sind aber egoistische Eltern!" Mo sagte dazu: „Das sind sie meistens." „Die armen Kinder!", meinte Monika, „und wie geht es weiter, Moni?"

„Der Professor wurde gegen Ende des Jahres 1952 wegen Kriegsverbrechen festgenommen. Alle, die davon erfuhren, waren entsetzt darüber, was der Professor in der Zeit von 1951 bis 1952 mit den ungeborenen weiblichen Embryos gemacht hatte."

„Jedes ungeborene Kind hat das Recht, so geboren zu werden, wie die Natur es vorgesehen hat, und es wurde dafür gesorgt, dass so etwas nie wieder geschehen kann."

„Obwohl der Professor kurz vor seiner Verhaftung alle Unterlagen vernichtet hatte, konnten später einige dieser Kinder gefunden werden. Nach den Angaben des Professors hatte er das 22 Mal praktiziert!"

„Ein Journalist, der eine Recherche über die medizinischen Experimente während des Krieges durchführte, bekam 1966 Geheimakten in seine Finger und erfuhr unter anderem von den Geschlechtsumwandlungen, die der Professor nach dem Krieg an Ungeborenen durchgeführt hatte. Er veröffentlichte es und machte es publik."

„Und jetzt wird es interessant", meinte Moni. Sie nahm einen Schluck aus ihrem Kaffeebecher und erzählte weiter: „Bei einigen dieser Jungs bilden sich periodisch Ansätze von weiblichen Brüsten heraus, um nach wenigen Tagen wieder zu verschwinden.

Alle haben auch eine feminine Körperform gemeinsam, so wie Du Yvonne!"

„Jeder dieser Jungen verfügte über besondere Fähigkeiten, die einigen Eltern unheimlich waren. Deshalb gingen sie mit ihren Kindern zum Arzt. Jeder Arzt ist verpflichtet, gesundheitliche Auffälligkeiten zu melden. So wurden die Jungs samt Eltern gefunden."

„Yvonne, die Kinder wurde in der Zeit von 1951 bis 1952 in Donnerheim zur Welt gebracht. Du bist dort doch 1951 geboren!"

Monika rief: „Das ist ein Knaller!" Ich musste über dieses Gehörte erst einmal nachdenken. Mo sagte: „Das ist ja ungeheuerlich. Schrecken denn die Menschen vor nichts zurück?"

„Yvonne, könnte es vielleicht sein, dass Du eines dieser Kinder bist?", fragte Moni mich. „Das weiß ich nicht!", gab ich zur Antwort, „ich denke, eher nicht."

„Dann hört mal weiter zu!", verlangte Moni, „alle Betroffenen können, dank der heutigen medizinischen Entwicklung, frei wählen. Ob sie lieber als Frau oder endgültig als Mann leben möchten."

„Das Verfahren des Professors war doch noch nicht vollendet, und aus medizinischer Sicht leben die Betroffenen in eine Art Wechselzustand. Es scheint so, als ob der Körper sich gegen den menschlichen Eingriff zur Wehr setzt und das ursprüngliche Geschlecht durchbringen will. Dieser innere Kampf verbrennt Lebensenergie und kann dramatisch enden, sogar mit dem Tod. Darum sind alle Betroffenen aufgefordert, sich umgehend zu melden, bevor es zu spät für eine Heilung ist!"

„Obwohl geheim, hat die Kirche davon erfahren und sich eingeschaltet. Sie übernimmt sämtliche ärztlichen Kosten für eine Heilung als Wiedergutmachung an der Menschheit!"

„Verstehst Du jetzt, warum dieser Artikel meine Aufmerksamkeit erregt hatte und ich Euch das erzählen musste?" fragte Moni. „Yvonne, wenn Du einer von diesen Jungs bist, müssen wir das in Erfahrung bringen. Es geht um Deine Gesundheit."

Mo meinte mit Überzeugung: „Unbedingt!" Monika fragte: „Und wie sollen wir das machen, Liebes?" Ich erwiderte: „Ich halte es für sehr unwahrscheinlich, dass ich einer von diesen Jungs bin. Meine Eltern würden so etwas nicht machen."

„Und warum bekommst Du periodisch Ansätze von weiblichen Brüsten, die dann wieder abflachen?", fragte Moni, „Das ist nicht normal. Ich mache mir Sorgen um Dich! Wir sollten mal Deine Eltern dazu befragen. Was meinst Du?"

Monika äußerte sich: „Besser wir klären das! Yvonne, wir brauchen Dich gesund!" „Ihr Lieben, mir geht es gut!", beteuerte ich, „also gut! Wenn es euch beruhigt, fragen wir meine Eltern. Die werden mich für verrückt halten!"

So geschah es. Moni und ich besuchten meine Eltern, und wir wurden herzlichst empfangen. Nach der üblichen Plauderei kam Moni sofort zur Sache: „Wissen sie, dass sich Ihr Sohn zuweilen als Frau fühlt?"

„Unser Sohn?" fragte meine Mutter. „Ist der schwul?" fragte mein Vater.

Ohne darauf zu antworten, schob Moni eine Fotokopie des Artikels meiner Mutter zu: „Wir haben hier einen Artikel, den Sie sich mal durchlesen sollten."

Schnell griff mein Vater zu und nahm die Kopie an sich. Nachdem er alles durchgelesen hatte, stellte er die Frage: „Und, was soll das?"

„Was steht da?" wollte meine Mutter wissen. „Ach nichts", antwortete mein Vater.

Moni sah mich kurz an und erklärte: „Ihr Junge macht das gleiche durch wie die aus dem Artikel. Wir wollen wissen, ob Sie auch zu diesem Arzt gegangen waren, um Ihr Wunschkind zu bekommen."

„Was ist das für ein Unsinn?", sagte mein Vater leicht ungehalten: „Ruth, hol mal das Familienstammbuch!" Meine Mutter stand auf, ging zu einem Schrank und griff hinein. Sie kam mit dem Stammbuch zurück und überreichte es meinem Vater.

Er blätterte darin herum, bis er die Seite fand, die er suchte. Er sah Moni an und lächelte dabei.

Dann schob er das Stammbuch aufgeklappt zu uns herüber: „Da könnte ihr sehen, dass unser Sohn nicht im Krankenhaus von Donnerheim zur Welt gekommen ist. Als Eintrag steht da Planken-Institut. Das lag in der Nähe von Donnerheim und gehört auch dazu. So, damit ist das ja wohl geklärt."

„Und warum waren Sie in Donnerheim?", fragte Moni. Jetzt war mein Vater regelrecht wütend und äußerte sich energisch: „Eigentlich geht Sie das gar nichts an. Aber damit Sie Ruhe geben. Wir haben dort Freunde besucht."

„Obwohl Ihre Frau schwanger war?" fragte Moni nach. Jetzt schaute mein Vater Moni und mich aufgebracht an, öffnete den Mund und wollte etwas sagen.

Doch meine Mutter war schneller: „Ihr solltet jetzt besser, gehen!" Moni und ich standen auf und gingen zur Wohnungstür.

Meine Mutter begleitete uns zur Tür und sagte, als wir fast aus der Wohnung waren: „Mein Gott, was haben wir getan?" Dann machte sie sehr schnell die Tür zu und ließ uns im Hausflur stehen.

Wir gingen zu Monis Auto zurück und setzten uns hinein. „Da stimmt was nicht!", sagte Moni. „Was meinst Du?", fragte ich nach.

„Kennst du Freunde Deiner Eltern in Donnerheim?" „Nein, nicht das ich wüsste." „Na, siehst Du! Wir müssen mehr erfahren."

„Was meinst Du?", fragte ich erneut. „Wo wurden die Manipulation am Geschlecht durchgeführt? Im Krankenhaus oder in diesem Institut aus dem Stammbuch?"

Wir fuhren zu Mos Wohnung und informierten die beiden über unser Erlebnis. „Ich werde morgen beim Verlag anrufen! Vielleicht haben die mehr Informationen", sagte Moni am Ende.

♥

Am nächsten Tag erschien Moni aufgeregt und sagte: „Also, ich habe beim Verlag angerufen, und die waren ziemlich aus dem Häuschen, dass der Artikel in dieser Zeitschrift zu finden ist. Der sollte nämlich gar nicht in Druck gehen, und der Autor dieses Artikels ist seit einiger Zeit verschwunden."

„Also hast Du nichts in Erfahrung gebracht?", fragte Mo. „Die wollten meinen Namen wissen und wo ich lebe, warum ich mich dafür interessiere. Der Artikel sei doch frei erfunden und habe nichts zu bedeuten."

„Es hat diese Menschenexperimente nie gegeben. Besser ich vergesse die Sache, wurde mir geraten.", berichtete Moni weiter. „Das hört sich aber seltsam an!", äußerte ich mich. „Das sollte es wohl auch sein! Findet ihr nicht, dass das eine sehr komische Reaktion auf meinen Anruf war?"

„Vielleicht sollten wir mal bei der Kirche nachfragen?", sagte Monika. Moni meinte: „Besser nicht, bevor wir mehr wissen. Ich habe euch noch nicht alles erzählt. Zwei oder drei Stunden nach meinem Anruf wurde ich von meinem Chef ans Telefon gerufen. Ich hatte einen Anruf!"

„Sind Sie die Person, die etwas über den Artikel zu den Menschenexperimenten wissen wollte?", wurde ich gefragt. „Ja", habe ich geantwortet. „Dann sollten wir uns treffen. Morgen vierzehn Uhr im Zoo bei den Affen. Ich muss jetzt auflegen, und seien Sie ja vorsichtig!"

„Das wird ja immer verwirrender!", meinte Mo. „Moni, was hat das zu bedeuten?", fragte Monika. „Hört sich gefährlich an. Du gehst doch da nicht hin, oder?", fragte ich Moni.

„Doch, ich habe mir für morgen frei genommen. Ich will jetzt wissen, was an der Sache dran ist, und ob Du eins von diesen Kindern bist!", gab Moni zur Antwort. „Ich komme auch mit", sagte Mo. „Ich auch", äußerte ich mich.

„Nein!", sagte Moni, „Yvonne, Du bleibst besser erst mal weg. Wenn doch was an dieser Geschichte ist, sollten wir vorsichtig sein."

„Mo und ich machen das alleine. Monika und Du, ihr seid unsere Rückendeckung. Ihr bleibt hier am Telefon, damit wir euch erreichen können. Okay? Könnt Ihr euch denn für morgen frei nehmen?" Monika und ich sagten: „Na klar, das geht schon."

♥

Am nächsten Tag fuhren die Beiden zum Zoo und näherten sich um vierzehn Uhr dem Affengehege. Aber es war niemand da. Sie warteten bis halb drei und beschlossen schließlich zurückzukehren.

Da trat ein Mann hinter dem Gehege hervor und fragte: „Sind Sie hier verabredet?" „Ja, allerdings", sagte Moni, „Wegen eines Artikels aus einem Ärztemagazin."

„Dann seid Ihr die Richtigen! Ich soll euch ausrichten, das Eure Verabredung nicht kommen wird." Nach diesen Worten schaute der Mann gehetzt in die Runde und flüsterte leise, so dass er kaum zu verstehen war: „Das ist eine Falle, Sie wollen Euer Gesicht sehen. Ihr wurdet bestimmt schon fotografiert!"

„Ihr seid wirklich naiv!", brach es aus ihm heraus, „durch den Anruf beim Verlag haben die Eure Telefonnummer und jetzt Eure Gesichter! Seid bloß vorsichtig! Ich wünsche Euch alles Gute!" Nun drehte der Mann sich um und wollte schnell hinter das Gehege verschwinden.

Doch Mo war schneller. Sie griff den Mann an seinen Arm und hielt ihn fest.

„Wer sind Sie und wer will unsere Gesichter sehen?", fragte sie. „Das kann und darf ich nicht sagen!"

Der Mann schien mit einem Mal sehr viel Angst zu haben: „Also gut, das sind welche von der Regierung, wollen alles vertuschen. Die sind nicht so nett wie die Leute von der Kirche. Seid bloß vorsichtig!"

Er riss sich los und rannte hinter das Gehege. Mo und Moni liefen ihm nach. Aber er war und blieb verschwunden.

Mo fasste Moni am Arm: „Moni, siehst Du die beiden Typen da drüben? Meinst Du, die beobachten uns?"

Moni schaut zur anderen Straßenseite rüber und sah die zwei sofort. „Gut möglich, für den Fall sollten wir nicht direkt zu Deiner Wohnung zurück. Was hältst du vom Bistro?"

Sie gingen langsam Richtung Ausgang und bemerkten, dass ihnen die beiden Männer folgten. „Wir gehen zu Fuß zum Bistro!", überlegte Moni leise, „damit sie unser Auto nicht kennen." Mo sagte: „Gut, gehen wir."

Unterwegs bemerkte Mo in einigen Schaufensterscheiben, dass ihnen die Kerle tatsächlich folgten und machte Moni darauf aufmerksam.

Sie betraten das Bistro und suchten sich einen Tisch aus, der nicht direkt durch die große Glasscheibe des Bistros zu sehen war.

Ihre Verfolger blieben sichtbar draußen vor der Glasscheibe stehen und schauten zum Bistro herein. „Was sollen wir jetzt machen, Moni? Hast Du eine Idee?" „Noch nicht! Ich gehe uns erst mal was zu trinken holen. Du möchtest wie immer?"

Moni stand auf und ging zur Theke des Bistros, an der ein Mann mit dem Rücken zum Fenster saß und in den Raum hineinschaute.

Moni bestellte ihre Getränke und wartete. Da sprach der Mann sie an: „Bitte erschrecken Sie nicht. Sagen Sie kein Wort. Die Typen da draußen können Lippenlesen."

„Was wollen Sie?" „Um Gottes Willen, sagen Sie nichts, haben Sie nicht verstanden? Die können von Ihren Lippen lesen!"

„Hören Sie einfach nur zu! Ich bin ein Gesandter der Kirche. Ja, wir haben auch unsere Möglichkeiten. Sie kennen jemand, der womöglich eines der veränderten Kinder ist? Nein, sagen Sie nichts! Ist Ihr Bekannter im Planken-Institut zur Welt gekommen? Wenn ja, greifen Sie sich drei Pappuntersetzer, wenn nein, nehmen Sie zwei, und unser Gespräch ist zu Ende."

Moni nahm drei! „Gut, wir haben fast alle Kinder aufgespürt. Uns fehlen nur noch drei. Meine Kollegen waren zu leichtsinnig, und so sind uns die meisten von den anderen genommen worden."

„Nur einige wenige sind in unserer Obhut und leben heute ein ganz normales Leben bei uns. Der Artikelschreiber übrigens auch. Nehmen Sie ihre Getränke und verhalten Sie sich unauffällig. Ich melde mich wieder! Mein Name ist Alex! Und, ...vertrauen Sie niemandem."

Der Mann stand vom Stuhl auf und ging Richtung Toilette davon. Moni nahm die Getränke vom Tresen und ging damit zurück zu Mo. Sie setzte sich mit dem Rücken zum Ausgang und hörte wie Mo sagte: „Das hat aber länger gedauert als sonst."

„Was hast Du?" Moni erwiderte: „Mo, die Kerle da draußen können Lippen lesen. Sage nichts von uns! Ich erkläre Dir alles später."

„Wir müssen überlegen, was wir nun tun. Erzähl bitte irgendwas Unverfängliches, ich sage meine Ideen, und wenn dir was gefällt, machst Du kurz die Augen zu und streifst Dir mit der linken Hand über den Kopf."

„Mach ich", sagte Mo.

In diesem Augenblick erblickte Moni ein Telefon: „Oh, da fällt mir gerade auf, dass das Münztelefon nicht von draußen zu sehen ist. Ich gehe mal telefonieren." Moni stand auf und ging zum Telefon. Sie rief uns an und erzählte uns alles. Gemeinsam entwickelten wir einen Plan.

♥

Es war Fügung, dass wir Klamotten für unser Pizzaessen besorgt hatten und Mo mittlerweile auf Pumps laufen konnte. Unser Plan bestand darin, dass Monika mit Kleidung zum Wechseln zum Bistro kommt.

Dann konnten sich Mo und Moni umziehen, verkleiden und so vielleicht unentdeckt verschwinden und nach Hause kommen. Monika rief einen Arbeitskollegen an, der sie zum Bistro begleiten sollte.

Wir packten die Kleidung, Schuhe und eine Mütze für Mo in eine Tragetasche. Als Monikas Arbeitskollege schellte, nahm sie die Tasche und verließ die Wohnung. Sie stieg in den Wagen ihres Arbeitskollegen. Ich konnte durch das Fenster beobachten, wie der Wagen sich in Bewegung setzte.

Am Bistro angekommen, parkten sie das Auto in der Nähe, stiegen aus und gingen in den Laden hinein. Als Moni sie entdeckte, gab Monika ihr wie telefonisch vereinbart heimlich ein Handzeichen und ging mit der Tasche zur Toilette.

Es dauerte gar nicht lange, da erschien Mo in dem Raum. Sie nahm die Kleidung, die für sie gedacht war, an sich und zog sich um.

Zum Schluss bemalte sie ihre Lippen mit einem auffälligen Rot und setzte sich die Mütze auf. Die tarnte ihre auffällige Frisur perfekt. In diesem Outfit sah sie wirklich toll aus, und keiner würde Mo in dieser Kleidung vermuten. Sie sagte: „Monika, ich mache mich jetzt auf den Weg! Wünsch mir Glück!" „Wird schon schiefgehen", antwortete Monika. Mo verließ das Bistro und ging stolzen Schrittes an ihren Verfolgern vorbei. Einer schaute ihr nach und pfiff ihr hinterher. Ihm gefiel, was er zu sehen bekam.

Nachdem Mo gegangen war, tauchte Moni auf und zog sich ebenfalls um. Als sie das Umziehen beendet hatte, sagte sie: „Jetzt können wir gehen. Kommst du mit?" „Nein", meinte Monika, „Ich bin mit einem Arbeitskollegen hier und möchte mit ihm noch was trinken. Ich komme aber bald nach!"

„Okay!", erwiderte Moni. Sie ging durch die Räume des Bistros, öffnete die Außentür, trat hinaus und ging mit sicheren Schritten zu unserer Bleibe. Monika stopfte die zurückgelassenen Sachen von Mo und Moni in die Tragetasche, verließ damit die Toilette und eilte zu ihrer Begleitung zurück.

Unser Plan ging auf. Als wir alle wieder in Mos Wohnung vereint waren, erklärte Monika: „Mein Arbeitskollege ist vielleicht ein Süßer! Er denkt, nur, weil ich ihn zu einem Drink eingeladen habe, dass er bei mir landen könnte. Da hat er sich aber gewaltig geirrt, der Arme!"

Ich fand, dass Mo in dem engen Schlauchkleid, das sie im Bistro angezogen hatte, verführerisch aussah. Es war allerdings zu sehen, dass Mo sich in dieser Kleidung nicht wirklich wohl fühlte.

„Unser Auto steht noch am Zoo! Das müssen wir holen. Ich bin sicher, dass der Parkplatz überwacht wird. Ich rufe meine Mutter an, die hat einen Zweitschlüssel von meinem Wagen und wird ihn sicher holen", sagte Moni.

„Yvonne, es geht um das Planken-Institut. Dort wurden die Wunschkinder gemacht! Es tut mir leid, aber es sieht immer mehr danach aus, als seiest Du eines von den Kindern, die verändert wurden."

Monika fragte: „Was machen wir nun?" „Yvonne darf die Wohnung vorerst nicht verlassen oder mit uns gesehen werden. Die sind jetzt hinter ihm her und wollen ihn uns wegnehmen, das werden wir nicht zulassen. Bisher haben sie nur Mo und mich gesehen."

Moni schaute uns nachdenklich an: „Habt ihr eine Idee?" Mo fragte: „Was ist, wenn sie über Deine Arbeitsstelle rausfinden, wo Du wohnst? Du bist doch bei Deiner Mutter gemeldet!"

„Verdammt, Du hast recht! Ich rufe sie sofort an!" Moni sprang auf und eilte zum Telefon. Als sie die Verbindung zu ihrer Mutter hatte, erklärte sie die ganze Geschichte.

Sie bat ihre Mutter, das Auto vom Zooparkplatz zu holen und es eine Straße entfernt von ihrer Wohnung zu parken.

„Mutti, Du wolltest doch schon länger Deine Freundin besuchen. Kannst Du da nicht ein paar Tage hinfahren? Ich weiß nicht, wie die Geschichte sich entwickelt. Es ist damit zu rechnen, dass jemand Dich aufsucht und nach mir fragt. Ich weiß, Du würdest nichts erzählen. Aber ich weiß nicht, wozu diese Männer in der Lage sind. Ich möchte nicht, dass Dir etwas passiert."

„Moni, sei bitte vorsichtig! Ich mache, was Du sagst. Du weißt ja, wie Du mich erreichen kannst. Ich hole nur schnell den Wagen und fahre dann gleich los. Tschüss, und passt gut auf Euch auf!"

Moni kehrte zu uns zurück, setzte sich in den Sessel und schlug ihre Beine übereinander. Dann sagte sie: „Mo, Dich werden sie auch schnell finden und diese Wohnung. Yvonne und Du, ihr könnt hier nicht bleiben."

„Was sollen wir denn machen?", fragte Monika ängstlich. „Das weiß ich doch auch nicht", antwortete Moni. Ihr Blick fiel auf den Stapel Kleider und Röcke, die sie mit Monika eingekauft hatte und die auf einen Beistelltisch deponiert waren. Dann schaute sie Mo und mich an.

♥

„Mo, Yvonne, jetzt wird aus Spaß Ernst! Mo, Du bist bekannt dafür, nur in Hosen, ich meine, wie ein Kerl angezogen herum zu laufen. Yvonne ist auch nur in Männerklamotten bekannt." „Worauf willst du hinaus, Moni?", fragte ich.

„Das ist doch einfach", sagte Monika. „Ja", sagte Mo, die den Blick von Moni auf die bereitgelegte Kleidung bemerkt hatte. Um ehrlich zu sein, ich verstand gar nichts.

„Ich habe mir folgendes überlegt", begann Moni, „Mo hat ja schon ein Kleid an, und Yvonne verkleidet sich als Frau. Ihr beide verlasst so die Wohnung und sucht Euch eine andere Bleibe. Falls die Wohnung durchsucht wird, darf nichts von den Frauensachen mehr hier zu finden sein, auch keine Schminke oder sowas."

„Auch keine Fotos, wo wir alle vier zu sehen sind!", gab ich mein Bestes. „Wir haben nicht viel Zeit und müssen uns schnell entscheiden. Was sagt Ihr zu dem Plan?", fragte Moni. Mo sah bestimmt genauso wenig glücklich aus wie ich. Gab es eine Alternative? Mir wollte nichts einfallen.

„Einverstanden", sagte dann Mo. „Vorerst stimme ich dem Plan zu, bis uns was Besseres einfällt!", äußerte ich mich dazu. „Dann lass uns anfangen. Yvonne, zieh Dich um. Mo hilft dir bestimmt, während Monika und ich schon mal alles einpacken."

„Wenn Ihr so weit seid, werden wir Euch schminken", erklärte Moni und fragte Mo: „Hast Du Koffer, Tasche oder sowas?" „Ja, ich habe einen Koffer, eine Reisetasche und eine große Sportasche", gab Mo Auskunft. „Gut", sagte Moni, „in die Sportasche stecken wir Eure Sachen, die Ihr mitnehmt!"

Nach gut einer Stunde war alles erledigt. Mo wählte für mich ein schwarzes Kleid aus. Zu meinem Erstaunen sah ich darin richtig flott aus.

Tatsächlich hatte ich eine weibliche Körperform. Das war mir bis dahin gar nicht bewusst. Dann war es soweit.

Der Abschied

Wir hatten hoffentlich alle Hinweise und Spuren beseitigt, aber Moni fiel noch etwas ein: „Mo, Du musst schnellstens was mit Deinen Haaren machen. Sonst erkennen sie Dich. Die haben ja Fotos von uns beiden!"

„Ha, ich hab's!", kam Monika ein Gedanke, „hier mein Halstuch, das kannst Du als Kopftuch benutzen. Warte, ich mach es!" „Nein danke", sagte Mo, „ich nehme die Mütze, die ist mir lieber."

Dank meiner langen Haare hatte ich keine Probleme, um als Frau durchzukommen. Sie mussten nur ein wenig in Form gebracht werden. Das hatte Monika schnell erledigt.

Moni betrachtete mich ausgiebig und bemerkte: „Yvonne, mir fällt erst jetzt auf, dass Dein Kehlkopf nicht so ausgeprägt ist wie bei einem Mann! Du siehst gut aus. Dich wird keiner erkennen!"

Dann wandte sie sich an Monika: „Monika, Du bist unser Kontakt. Du bleibst schön im Hintergrund und fährst gleich nach Hause. Mo, wenn Ihr eine neue Bleibe gefunden habt, ruft Ihr bei Monika an. Sobald ich sicher bin, nicht mehr beschattet zu werden, treffen wir uns."

„Moni, hättest Du doch nur nicht beim Verlag angerufen!", seufzte Monika. „Wir könnten jetzt ganz gemütlich kuscheln!" Und plötzlich kam ihr noch ein Gedanke: „Yvonne, Du brauchst unbedingt eine Handtasche! Eine Frau ohne Handtasche, das geht gar nicht."

„Hier nimm meine." Dankbar nahm ich sie an.

Nun hieß es Abschied nehmen, wir mussten uns für eine kleine Weile trennen. Mo nahm die Sporttasche auf, gefüllt mit Kleidung und was eine Frau sonst noch braucht, und mit der anderen Hand ergriff sie die meine.

Händchenhaltend verließen wir Mos Wohnung, in der wir unvergessene Momente des Glücks erleben durften. Wir traten aus dem Haus auf die Straße und bewegten uns in Richtung Stadtmitte. Wie gut, dass wir das Gehen auf Pumps geübt hatten.

Monika wartete einen kurzen Moment, ehe sie sich aus den Armen von Moni befreite und nach Hause fuhr. Moni schaute sich in der Wohnung noch einmal um, ob auch nichts übersehen wurde, was auf mich hindeutete. Anschließend ging sie nach Hause in die Wohnung ihrer Mutter. Ihre Mutter schien verreist zu sein wie abgesprochen. Das war gut so!

Am nächsten Morgen ging Moni wie üblich zu ihrem Job. Sie betrat den Laden, in dem sie als Kassiererin arbeitete durch den Personaleingang. Schnell hatte sie ihre Dienstkleidung angelegt. Dann machte sie sich auf den Weg zu der Kasse, an der sie heute sitzen sollte.

Doch bevor sie ihren Platz erreichte, kam ihr der Chef entgegen und sagte: „Guten Morgen, kommen Sie bitte mit in mein Büro, da wartet jemand auf Sie!" Er ergriff Moni am Arm, zog sie in Richtung Bürotür, machte die Tür auf, packte Moni am Rücken und schob sie in den Raum hinein.

Moni sah zwei Männer auf Stühlen sitzen. Es hätten die Männer von gestern sein können.

„So schnell?", ging es ihr durch den Kopf.

Einer der Männer sagte zu ihrem Chef: „Lassen Sie uns alleine!" Ihr Chef ging sofort aus dem Büro und schloss die Tür.

Nun war Moni mit den Männern alleine. Einer der Männer forderte Moni auf, sich zu setzen. „Interessante Arbeit haben Sie hier", eröffnete er das Gespräch. „Nicht wirklich!", sagte Moni. „Warum interessieren Sie sich für den Artikel?", wollte der andere wissen. „Welchen Artikel?", gab Moni sich ahnungslos.

„Lassen wir doch die Spielchen! Sie haben gestern bei einem Verlag angerufen und sich für einen Artikel aus dieser Zeitschrift interessiert!" Er hob das entsprechende Fachmagazin mit der rechten Hand hoch: „Warum?"

„Ich interessiere mich halt dafür!", entgegnete Moni. „Ich frage nochmal, warum." „Darf ich mich nicht für einen Artikel in..." Sie wurde unterbrochen. „Sagen Sie uns warum und erzählen Sie uns keine Märchen!"

Moni war ratlos, was sollte sie sagen? Nun meldete sich der andere Mann zu Wort: „Entschuldigung, wir haben uns noch gar nicht vorgestellt. Das ist Herr Kronen und ich heiße Maier. Wir sind Mitarbeiter der Regierung. Möchten Sie einen Kaffee?", wurde Moni gefragt.

„Nein, danke!" Herr Maier sprach weiter, „wir vermuten, Sie haben angerufen, weil Sie jemanden kennen, der eines von den Kindern sein könnte. Habe ich nicht recht?"

„Nein", erwiderte Moni, „ich fand den Artikel einfach nur interessant. Und der Anruf, der mich zum Zoo bestellte, war ziemlich geheimnisvoll." „Wie Sie wollen!"

Jetzt ergriff Herr Kronen wieder das Wort: „Wie sind Sie uns gestern entwischt? Wie haben Sie das gemacht?" „Aha", dachte Moni, „das sind also wirklich die Typen, die uns verfolgt hatten." Laut sagte sie: „Wir sind zur Hintertür raus!"

„Das kann nicht sein! Der Laden hat keine Hintertür. Also, wie?" „Mit Hintertür meinte ich eigentlich das Klofenster. Das kennt doch jeder!"

„Hab ich dir nicht gesagt, die sind durch das Klofenster!", sagte Maier zu Kronen. Kronen kniff die Augen ein wenig zusammen und sah Moni an, ehe er sagte: „Gut, das erklärt es. Nehmen wir erst mal an, es war so!"

Maier stand auf und ging zu Moni. Auch er schaute ihr mit strengem Blick in die Augen und sagte: „Es ist wirklich wichtig, dass wir die Kinder vor den anderen finden! Zum Wohle der Betroffenen. Wenn Sie jemand kennen, so helfen Sie ihm am besten, wenn Sie mit uns kooperieren! Denn nur wir können und wollen helfen." „Wen meinen Sie mit den anderen?", fragte Moni.

„Das wissen Sie genau!", platzte Kronen dazwischen. Meier sagte weiter: „Wir suchen schon sehr lange nach diesen Kindern und konnten bis jetzt nur wenigen helfen.

„Die anderen haben die meisten zuerst in ihre Finger bekommen und diese so versteckt, dass wir sie nicht mehr finden können. Schade um die Kinder."

„Wer sind die anderen?", fragte Moni und bekam zu hören: „Mitarbeiter der Kirche!" „Hat sich nicht schon einer mit Ihnen in Verbindung gesetzt?", fragte Kronen, „sagen Sie uns endlich alles!" „Nein, mit mir hat sich noch niemand in Verbindung gesetzt!", antwortete Moni und fragte hastig nach, „was ist mit den Kindern? Was soll das alles? Und was habe ich damit zu tun?"

„Gut, nehmen wir auch hier an, dass Sie nichts wissen. Aber wenn das doch anders ist und Sie jemanden kennen, rate ich Ihnen, seien sie vorsichtig. Mit den Mitarbeitern der Kirche ist nicht zu spaßen. Die sind nicht so leicht zu überzeugen wie wir!", sagte Kronen.

Nun stand auch Herr Kronen auf und bewegte sich Richtung Bürotür. Maier ging ebenfalls dorthin, blieb dann stehen, wandte Moni sein Gesicht zu und sagte: „Wenn sich einer von der Kirche in dieser Angelegenheit bei Ihnen meldet, sollten Sie uns unbedingt sofort informieren! Seien Sie vorsichtig und vertrauen Sie niemanden!"

Er reichte Moni seine Visitenkarte. Moni nahm sie an und steckte sie ein: „Ja, mach ich. Ich rufe Sie dann an!" Die beiden verließen das Büro.

Ihr Chef kam zur Tür hereingestürmt und fragte: „Was wollten die von Ihnen?" Da zeigte sich das Gesicht von Kronen in der Tür: „Sie wissen, dass Sie keinem etwas sagen dürfen! Im Interesse der nationalen Sicherheit ist diese Frau eine Woche zu beurlauben. Sonderurlaub, verstanden?"

Monis Chef bekam einen roten Kopf und erwiderte unterwürfig: „Selbstverständlich! Eine Woche Sonderurlaub, geht klar, Herr…" Es war niemand mehr im Türrahmen zu sehen. Zu Moni gewandt sagte er etwas verärgert: „Gehen Sie, gehen Sie schnell!"

Moni ging in den Umkleideraum und zog sich den Kittel aus. Sie legte sich ihre Straßenkleidung an.

Erst mal wollte sie zur Wohnung ihrer Mutter gehen und das Auto holen. Sie steckte ihre Hand in die Jackentasche und erfühlte ein Papier, das da nicht hingehörte.

Neugierig holte sie es aus ihrer Tasche und schaute es sich an.

Handschriftlich war zu lesen: „Sie kennen jemand, der im Planken-Institut zum fraglichen Datum geboren wurde? Reden Sie mit ihm. Sagen Sie ihm, nur wir können helfen. Trauen sie nicht den Leuten von der Regierung oder der Kirche. Die wollen die Kinder für ihre eigenen Zwecke missbrauchen. Wir haben die meisten der bisher Gefundenen in Sicherheit bringen können, und allen geht es sehr gut. Vernichten sie diesen Zettel. Keiner darf wissen, dass wir existieren, sonst können wir nicht mehr für die Sicherheit Ihres Schützlings sorgen. Wir melden uns!"

Jetzt war Moni irritiert und dachte: „Es gibt demnach mindestens drei Parteien, die Yvonne unbedingt haben wollen. Was ist bloß so wichtig an den im Planken-Institut geborenen Kindern?" Sie steckte den Zettel wieder ein und trat aus dem Gebäude der Firma.

Zu Fuß ging sie zur Wohnung ihrer Mutter. Sie brauchte jetzt etwas Ruhe, um nachdenken zu können. „Was für eine komplizierte Situation", überlegte sie, „wem kann ich vertrauen?"

Sie ging in die Küche und kochte sich einen Kaffee, den brauchte sie jetzt unbedingt. Mit der Tasse voll Kaffee ging sie ins Wohnzimmer und setzte sich an den Tisch. „Am besten rufe ich Monika an, damit wir uns alle treffen."

„Das müssen wir gemeinsam besprechen", dachte sich Moni.

Sofort nach diesen Gedanken ging sie zum Telefon, da schellte es an der Tür. „Wer mag das sein?" Sie eilte zur Tür und öffnete sie. Da stand dieser Typ aus dem Bistro, der sich Alex genannt hatte. Schnell trat er an Moni vorbei, in die Wohnung. „Mach schnell die Tür zu", sagte er.

Verblüfft schloss Moni die Tür. Alex sagte weiter: „Ich will nicht lange bleiben, Du wirst beobachtet, und das Telefon hier wird abgehört. Sei vorsichtig!" Er öffnete die Wohnungstür, spähte in den Hausflur und verließ fluchtartig die Wohnung.

„Was war das? Wenn das stimmt, kann ich Monika nicht von hier aus anrufen. Und wenn die von meinen Lippen lesen können, kann ich auch keine öffentliche Telefonzelle benutzen." Sie schaute auf ihre Armbanduhr: „Für das Bistro ist es noch zu früh!"

Sie überlegte: „Ich könnte mal wieder neue Schuhe gebrauchen!" Sie hatte eine gute Bekannte in einem Schuhladen, dort könnte sie bestimmt das Telefon benutzen, ohne dass das jemand mitbekommt. „Lieber ich warte noch eine Stunde", beschloss Moni, trank einen Schluck von ihrem schon fast zu kalten Kaffee und ging zum Sofa. Dort legte sie sich hin und versuchte, sich zu entspannen.

♥

Überrascht riss sie ein wenig später ihre Augen auf und schaute auf ihre Uhr: „Ach herrje, ich bin tatsächlich eingeschlafen! Es sind ja fast zwei Stunden vergangen.

Moni, dann los!" Mit Elan schwang sie sich vom Sofa und ging zum Ausgang, nicht ohne vorher noch schnell etwas zu trinken. Sie hatte vom Schlafen einen trockenen Mund bekommen.

Sie ging zu ihrem Auto, das ihre Mutter in einer Nebenstraße geparkt hatte. Mit dem Wagen fuhr sie bis zu einem Parkhaus in der Stadtmitte. Dort stellte sie das Fahrzeug ab und ging zu Fuß zum Schuhladen. Ein oder zweimal entdeckte sie ihre Verfolger. Entweder waren die im Verfolgen nicht sehr geschickt oder sie wollten gesehen werden. Egal, wie auch immer, sie waren ihr auf den Fersen.

Moni betrat den Schuhladen und schaute interessiert nach Schuhen. Sie suchte sich drei Paar aus und probierte sie an. Ihre gute Bekannte kam sofort herbeigeeilt und begrüßte Moni herzlich.

Moni sagte: „Beate, ich brauche deine Hilfe!" Beate schaute Moni lächelnd an: „Wo drückt denn der Schuh?" „Die sind zu klein! Kannst du mir die Schuhe in der nächsten Größe holen?", antwortete Moni.

Das war eine verabredete Konversation. Das machten sie immer so. Beates Boss wachte mit Adleraugen darauf, dass seine Mitarbeiterinnen keine Privatgespräche führten.

„Moni, da kommst Du besser mit nach hinten, und wir schauen mal, ob Deine Schuhgröße dabei ist!" Moni begleitete Beate hinter einen großen, langen Vorhang und war von der Straße aus nicht mehr zu sehen.

Moni suchte und erblickte das Telefon: „Beate, darf ich mal telefonieren? Das ist ganz wichtig!" „Klar, aber was ist los? Erzähl mal!" „Gleich, erst muss ich mal telefonieren! Aber alleine!"

„Huch, geht es um einen Kerl?" „Ja!" Was sollte Moni sonst sagen? „Ist wohl verheiratet", lachte Beate. „Beate, ich sagte alleine, bitte!" „Ist ja schon gut. Ich gehe nach dort vorne. Aber beeil dich, sonst bekomme ich Ärger!"

Nachdem Moni alleine war, wählte sie Monikas Telefonnummer. Monika war direkt am Gegenapparat: „Hi Monika, haben sich Mo und Yvonne schon gemeldet?" „Ja, sie haben vorerst ein Hotelzimmer genommen, und ich…" „Wir müssen uns dringend treffen! Ich weiß aber noch nicht wo, hast Du was?"

„Klar, meine Eltern besitzen viele Häuser, und ich habe eine leerstehende, nicht vermietete und möblierte Wohnung in einem dieser Häuser lokalisiert. Das habe ich auch Mo und Yvonne erzählt. Die sind schon auf dem Weg dahin. Ist billiger als ein Hotelzimmer."

„Gut, gib mir die Adresse, und ich komme, so schnell ich kann." Monika nannte die Straße, die Hausnummer und die Etage, wo die Wohnung zu finden war. „Wann kommst du?" „Erst muss ich meine Verfolger abschütteln!" „Du wirst immer noch verfolgt?" „Ja, alles weitere später!"

„Moni, beeile Dich mit dem Telefonieren, mein Chef kommt", rief Beate dazwischen. „Monika, bis gleich, hab Dich lieb!" Moni legte auf, eilte an Beates Seite und sagte: „Ja, dieses Paar passt. Die kaufe ich!"

Das war gerade noch rechtzeitig. Beates Chef schob den Vorhang beiseite und kam schnell näher.

„Gibt es Probleme, meine Damen?", fragte er nach.

Beate erwiderte: „Nein, alles klar. Diese Kundin hat ihr Paar Schuhe gefunden, und ich bringe es gleich zur Kasse." Sie wandte sich Moni zu: „Und wenn Du mir bitte zur Kasse folgst!"

Auf dem Weg zur Kasse fragte Beate: „Was ist denn los? Mach es doch nicht so spannend. Mir kannst Du doch alles erzählen."

Moni entgegnete: „Immer Ärger mit Männern! Das kennst du doch!" „Aber ja doch! Treffen wir uns nachher im Bistro, oder bist Du wieder mit Deinen Freundinnen unterwegs? Ich will Einzelheiten wissen! Du musst mir alles berichten, einverstanden?"

Moni tat, als überlegte sie, und sagte schließlich: „Nein, schade, aber heute Abend geht es nicht! Die ganze Woche ist ausgebucht. Vielleicht am Wochenende!"

Beates Chef kam näher und spitzte seine Ohren. Deshalb beendete Beate das Gespräch und kassierte den Preis für die Schuhe.

Sie packte die Schuhe in eine Tüte, überreichte Moni die Tüte und flüsterte: „Aber am Wochenende musst Du mir alles erzählen!" Laut sagte Moni: „Danke" und ging aus dem Schuhladen.

Auf direktem Weg spazierte sie betont langsam zum Parkhaus zurück und ging hinein. Sie blickte kurz über ihre Schulter zurück und sah, dass ihre Verfolger am Ausgang stehen blieben. Sie hatte ihren Wagen zwei Etagen tiefer geparkt und war vom Ausgang her nicht zu sehen.

„Wie komme ich an den Kerlen vorbei?" überlegte Moni. Da sah sie eine Frau gerade in ihr Auto einsteigen.

Sie eilte dahin und klopfte an die Autotürscheibe. Die Frau kurbelte das Fenster herunter und fragte: „Was gibt es?"

„Ich bitte um Entschuldigung, dass ich Sie einfach anspreche. Vorhin in der City hat mich ein Kerl angemacht und wollte was von mir. Als ich ihm sagte, dass ich kein Interesse an ihm habe, ist er sehr wütend geworden und verfolgt mich nun die ganze Zeit."

„Ich habe ein wenig Angst. Er steht oben und wartet auf mich." „Schätzchen, dann fahr ihn doch über den Haufen!"

Moni guckte entgeistert: „Ich will nicht, dass er meine Autonummer erfährt und so rausbekommt, wo ich wohne!"

„Hm, das kann ich verstehen. Also gut, Schätzchen, steige hinten ein. Leg Dich auf den Rücksitz. Da ist eine Decke, damit deckst Du Dich zu und keiner wird Dich sehen können. Wohin willst du denn? Soll ich dich zur Polizei fahren?" „Polizei, ja, das ist gut!", antwortete Moni und tat, was die Frau ihr anbot.

So fuhr Moni unerkannt aus dem Parkhaus zur Polizei. Dort angekommen sagte die Fahrerin, nachdem Moni ausgestiegen war: „Und rede mit Deinem Freund. Nicht der Geheimdienst, auch nicht die Kirche, nur wir können ihm helfen. Du hörst wieder von uns." Nach diesen Worten, gab sie Gas und war kurze Zeit später nicht mehr zu sehen.

„Verdammt", dachte Moni, „schon wieder eine der Parteien! Ich muss noch vorsichtiger sein." Sie ging ins Polizeigebäude hinein, um die Lage zu überdenken.

Ein Beamter sah Moni sofort und kam auf sie zu: „Kann ich Ihnen weiterhelfen?" Moni antwortet: „Ich weiß nicht, ich glaube, ich werde seit einiger Zeit verfolgt, und wollte mich hier in Sicherheit bringen und abwarten, ob ich meinen Verfolger sehen kann"

„Und, sehen Sie ihn?", fragte der Beamte. „Nein", sagte Moni und schaute auffällig durch die Scheibe der Tür nach draußen. „Sie können hier stehen bleiben, solange Sie wollen. Wenn Sie Hilfe benötigen, rufen Sie einfach!" Damit entfernte sich der Beamte.

♥

Moni blieb nicht lange und machte sich auf, um zu der Wohnung zu gelangen, deren Adresse ihr Monika gegeben hatte.

Unterwegs schaute sie sich mehrfach gehetzt um, aber sie konnte keine Verfolger entdecken. Zwei Autos und ein Radfahrer überholten sie.

Misstrauisch überlegte sie, „Vielleicht werde ich verfolgt. Ich sollte mich vergewissern!" Aus dieser Überlegung heraus ging sie an dem Haus vorbei und bog in die nächste Straße ab.

Sie bemerkte eine offenstehende Haustür, ging dahin und trat in das Haus. Flüchtig schaute sie sich um und erspähte den Radfahrer, der ihr mit Blicken folgte. „Mist, ist das ein Verfolger?", dachte sie. Sie ging in den Hausflur und schloss zur Sicherheit die Haustür. Moni fand die Kellertür nicht abgeschlossen vor, öffnete sie und ging hinunter.

Sie ging durch die Kellergänge und sah eine Ausgangstür. „Ob die vielleicht auch offen ist?", überlegte sie und probierte es aus. Ja, sie war offen. Durch diese Tür kam sie in den Innenhof dieser Haus- und Wohnanlage. „Ha, prima", dachte Moni, „und nun?"

Es war ein richtiger Hof. Er war ein großes Viereck und rundum durch Häuser eingerahmt. Es gab keinen anderen Ausweg, als durch die Keller.

Genau gegenüber ihrem jetzigen Standort gab es ein großes Tor, deren Türflügel geschlossen waren. Das half ihr also nicht weiter.

„Ich bin abgebogen und in dieses Haus gegangen", überlegte Moni. „Dann ist eines der Häuser da vorne das, wo ich hinmuss. Nur welches?" Unschlüssig stand sie im Hof und dachte nach.

Wir warteten auf Moni und je länger es dauerte desto unruhiger wurden wir. Zum wiederholten Male schaute Monika ungeduldig durch das Küchenfenster in den Innenhof. Sie sah ein paar kleine Bäume, einen Kinderspielplatz, Spazierwege aus Splitt und einige Bänke. „Das ist eine schöne Anlage", überlegte sie. Plötzlich sah sie dort unten Moni stehen.

Schnell entriegelte sie das Fenster und öffnete es. Dann schaute sie hinaus, winkte und rief: „Moni, Moni hier oben!" Moni hörte ihren Namen rufen und schaute hoch. Sie entdeckte, wie Monika sich aus einem Fenster lehnte und ihr zuwinkte.

Moni fiel ein Stein vom Herzen. Denn jetzt wusste sie, in welches Haus sie gehen musste. „Was für ein Zufall!", dachte Moni.

Denn diese Kellertür war erfreulicherweise auch nicht verschlossen. Schnell öffnete sie die Tür und ging hindurch. Sie kam in den Hausflur und eilte die Treppenstufen bis zur Etage der Wohnung hoch. Monika hatte schon die Wohnungstür aufgemacht. Moni schlüpfte rasch herein und machte die Tür zu.

Wieder vereint

„Geschafft", dachte Moni, „jetzt brauche ich mal eine Pause!" Sie ging in das vermeintliche Wohnzimmer und sah dort Mo und mich, noch immer in Kleider verpackt, sitzen. Monika kam ihr schon entgegen. Mo und ich sprangen auf und eilten auf Moni zu. Wir umarmten uns leidenschaftlich und herzhaft.

„Ist ja gut", lachte Moni, „ich bin ja..." Weiter kam sie nicht, denn Mo verschloss Monis Mund mit ihren Lippen. Nach Luft schnappend sagte Moni: „Lasst mich doch erst mal zur Ruhe kommen. Gibt es hier auch was zu trinken?", und lachte wieder. Sie war glücklich, wieder mit uns vereint zu sein.

Mo und ich setzten uns auf ein Zweiersofa, und Moni setzte sich in einen Sessel, der ganz in der Nähe stand. Monika eilte los, um uns etwas zu trinken zu besorgen.

Moni beugte sich vor und fuhr mit einer Hand über mein rechtes bestrumpftes Bein, das ich über das linke geschlagen hatte. Das war ein sehr angenehmes Gefühl. „Ihr zwei seht super aus. Mo, Du musst mir mal zeigen, wie du mit Perücke aussiehst."

Als Mo diese Wohnung betrat, hatte sie ihre Perücke vom Kopf entfernt und auf ein Sideboard im Wohnzimmer platziert.

„Wie ist es Euch beiden ergangen, seitdem wir uns getrennt haben? Das müsst Ihr gleich erzählen. Aber zuerst möchte ich Euch informieren was ich erlebt habe, wenn Monika dabei ist", sagte Moni

Die ganze Zeit über streichelte sie meine Beine. Das war schön! Mo hatte ihren Arm um mich gelegt und spielte mit meinen Haaren. Ich hielt ihre andere Hand und spielte mit ihren Fingern.

Nun kam Monika mit einem Tablett voller Getränke zurück. Wir nahmen uns ein Becher und setzten uns alle auf den Teppich. So konnten wir enger beieinander sein.

Mo hatte ihre Beine angewinkelt und gespreizt. Monika ließ sich hinein gleiten und lehnte ihren Körper an Mo. Sie wurde von ihren Armen umschlossen und gehalten.

Moni und ich taten es den Beiden nach, nur, dass ich vor Moni saß, und Moni mich mit einem Arm festhielt und mir mit der anderen Hand leicht den Kopf kraulte. Dabei hatten Monika und ich unsere Beine liebevoll ineinander verkeilt. Es war eine entspannte und vertraute Atmosphäre.

Moni fing an zu berichten und informierte uns, dass es mindestens drei Parteien gab, die mich unbedingt in ihre Finger bekommen wollten. Sie gab uns den Zettel zu lesen.

„Was machen wir?", fragte Monika, nachdem sie den Zettel laut vorgelesen hatte. Sie hatte nach Monis Bericht als erste ihre Sprache wiedergefunden.

„Wem können wir vertrauen?", fragte Moni, „an wen können wir uns wenden? Wer könnte die richtige Partei sein? Was ist so wichtig an den im Planken-Institut Geborenen, dass sich so viele darum reißen? Fragen über Fragen..."

Es war früher Abend, und Monika fragte: „Sollen wir das nicht auf morgen vertagen? Ich würde jetzt lieber mit Euch duschen und dann ins Bett gehen. Wir sollten ausnutzen, dass meine Eltern für ein paar Tage verreist sind und dass diese Wohnung möbliert ist."

Einstimmig waren wir sofort dafür. Langsam und bedächtig zogen wir unsere Kleidung aus und gingen duschen.

Es gab sogar Toilettenpapier, Seife und Handtücher im Badezimmer. Unter der Dusche seiften wir uns gegenseitig ab, waren albern und witzelten herum.

Bis Moni mit Erstaunen feststellte: „Yvonne, Deine Brüste sind etwas größer geworden!" Mo und Monika schauten mir sofort auf meine Brust und sagten einstimmig: „Das stimmt." „Ich habe es auch schon bemerkt", antwortete ich, „seit ich mich als Frau ausgebe und mich in dieser Rolle recht wohl fühle, bemerke ich eine körperliche Veränderung!"

„Wie meinst du das?", fragte Moni nach. „Fühlt doch mal meine Haut. Ist die nicht viel weicher und glatter geworden? Und dann meine Lippen, schaut doch mal, die sind wie aufgeblasen!" „Das kommt vom Knutschen!", lachte Monika.

Nachdem meine Haut von allen Händen untersucht worden war, meinte Moni: „Ja, das stimmt. Deine Haut fühlt sich zart an, und Du hast sehr wenig Körperbehaarung für einen Mann."

„Das finde ich super. Ich mag keine Männer mit Haaren auf der Brust!", versuchte Monika witzig zu sein. So langsam wurde es kalt, und wir beendeten die Körperreinigung.

Nach dem Duschen trockneten wir uns gegenseitig ab. Dann rief Monika: „Wer als erste im Bett ist, hat den schönsten Platz." Wir ließen alles fallen und stürmten ausgelassen los. Mo hatte gewonnen!

Monika war so weitsichtig und hatte geringe Mengen Lebensmittel und Getränke in die Wohnung mitgebracht. So konnte uns Moni am nächsten Morgen mit einem Frühstück am Bett überraschen. Sie legte sich wieder zu uns ins Bett. Frühstück im Bett kann super schön sein.

Nach Beendigung des Frühstückes wurden das Geschirr und die Speisereste auf den Boden neben dem Bett abgelegt. Wir legten uns noch einmal hin und kuschelten aneinander.

Moni fing an: „Was unternehmen wir?" „Den Leuten von der Kirche oder der Regierung ist nicht zu trauen. Und die Anderen, da wissen wir auch nichts", antwortete ich. „Yvonne, vielleicht sollten wir nochmal mit Deinen Eltern reden!"

„Ich kenne die Leute, die auf Parterre wohnen, ziemlich gut. Die erlauben uns bestimmt, ihr Telefon zu benutzen", hatte Monika eine Idee. „Ja, das probieren wir", bestimmte Moni.

Wir standen auf und eilten der Reihe nach ins Bad. Als ich mich rasieren wollte, war ich überrascht.

Denn ich hatte keine Bartstoppeln im Gesicht. Stattdessen war mein ganzes Gesicht so glatt wie frisch rasiert.

Ich betrachtete meine Brüste und sah, dass sie erneut etwas größer geworden waren. Es war beängstigend. Ich rief die anderen herbei und zeigte, was ich an mir bemerkt hatte.

Monika reagierte so auf ihre Art: „Du brauchst bald einen BH, Kleines." Mo betrachtete mich und runzelte nur ihre Stirn. Moni schaute genau hin: „Was geschieht da mit Dir? Du hast auch einen dickeren Po bekommen! Du scheinst dich zu verwandeln" „So was geht doch gar nicht", gab ich gequält von mir.

Zwar freute ich mich über meine größeren Brüste, so was wollte ich ja schon länger haben. Aber gleichzeitig war ich niedergeschlagen und verunsichert. „Was passiert mit mir?"

Mo sah mir meine Verzweiflung an, kam zu mir und nahm mich tröstend in ihre Arme. Von Mos Armen gehalten wandte ich mich dem Spiegel zu, das über dem Waschbecken hing.

Ich schaute mir mein Gesicht ganz genau an. Mein Spiegelbild hatte eindeutig feminine Züge angenommen. Um als Frau erkannt zu werden, brauchte ich mich eigentlich nicht mehr so intensiv zu schminken. Erneut fuhr mir ein Schreck durch meine Glieder. Ich erkannte mich kaum im Spiegelbild wieder. Es war befremdlich!

Mo drückte mich fester und flüsterte: „Du siehst bezaubernd aus, das steht Dir, und ich liebe Dich!" Monika wurde unruhig und drängelte: „Wir sollten uns langsam anziehen und loslegen!"

Also zogen wir uns rasch an. Mo und ich schlüpften in unsere Kleider, andere Kleidung war nicht vorhanden. Mo schimpfte wiedermal über die Pumps. Monika und Moni zogen los, um meine Eltern anzurufen.

♥

Monika schellte bei den Leuten, die sie kannte. Eine Frau machte die Tür auf: „Hallo Monika, das ist aber nett, Dich zu sehen. Wir haben uns ja lange nicht mehr gesehen. Wie geht es Dir?" „Frau Sönecken, darf ich mal Ihr Telefon benutzen?". „Aber immer. Nur herein mit Euch!"

Moni rief bei meinen Eltern an, und jemand nahm am anderen Ende der Leitung den Hörer ab: „Ja, bitte?" war zu hören. „Ich hätte gern Frau Blauton gesprochen", sagte Moni. „Die Blautons sind nicht mehr hier. Gestern bekamen sie Besuch von zwei Herren von der Lottogesellschaft. Die Blautons haben eine Weltreise gewonnen, und die ganze Familie ist gleich mit Koffern und den Herren los. Ich bin die Nachbarin und kümmere mich um die Blumen.

Aber fragen Sie mich nicht, wann die zurückkommen. Das weiß ich nämlich nicht. Die hatten aber ein Glück, was? Mir müsste mal so etwas passieren. Aber ich hab ja nie Glück bei so was. Kann ich sonst noch was für Sie tun?" Monis Gedanken rasten: „Nein, nein danke!"

„Ach übrigens, wissen sie zufällig, wo der Sohn wohnt?", fragte die Nachbarin. „Die zwei fein angezogenen Herren möchten mit ihm reden, denn er sollte mit auf die Weltreise gehen." „Haben die Blautons einen Sohn?", fragte Moni scheinheilig.

„Was wollten Sie denn von den Blautons?", wurde Moni gefragt. „Ich hatte mir bei Frau Blauton was ausgeliehen und versprochen, es heute wiederzubringen. Das schaffe ich heute allerdings nicht und wollte fragen, ob ich das Ausgeliehene noch etwas behalten kann", antwortete Moni. „Ach so. Na, damit können Sie sich ja jetzt Zeit lassen." „Tschüss", sagte Moni und legte auf.

Nach einer kurzen Unterhaltung mit Frau Sönecken kehrten die beiden zu uns zurück und berichteten. „Ob das die gleichen zwei Kerle waren, die mich bei meiner Arbeitsstelle besucht hatten?", fragte sich Moni laut. „Hier kommen wir nicht weiter."

„Die waren schneller", sagte ich, „ich denke, es ist jetzt sicher, dass ich eines dieser Kinder bin!"

Ich war deprimiert. Was war an mir so anders? Warum veränderte sich mein Körper? Moni schaute mich an und sagte: „Offensichtlich hat das was mit Deinem Wandel von einem Geschlecht zum anderen zu tun. Aber bevor wir weiter überlegen, wie wir vorgehen, erzählt doch mal, was Ihr zwei nach der Trennung erlebt habt."

♥

Da Mo nicht gerne viele Worte machte, fing ich an: „Wir traten aus dem Haus, ließen unsere Hände los und hakten unsere Arme unter. Dann gingen wir Richtung City. Typen, an denen wir vorbeikamen, schauten uns gierig hinterher.

Wir kamen an einem Haarsaloon vorbei, als Mo stoppte und sagte: „Hier kann ich mir vielleicht eine Perücke kaufen." Wir betraten das Haarstudio, und Mo fragte nach Perücken.

Tatsächlich konnten die hier ausgeliehen oder gekauft werden. Wir wurden nett bedient, und Mo konnte sich aus einer Reihe von blonden Perücken eine aussuchen.

Während sie mit dem Anprobieren beschäftigt war, kam eine Dame auf mich zu und stellte sich als Chefin des Studios vor. Sie meinte, dass meine Frisur schrecklich aussehe. Sie fragte mich, ob sie mal meine Haare anfassen dürfte, was ich ihr erlaubte.

Mo hatte das mitbekommen und riet mir, hier die Haare machen zu lassen. Die Studiobesitzerin war darüber hocherfreut, eilte zu einem Tresen und kam mit einer Mappe zurück. In dieser Mappe waren Fotos verschiedener Frisuren zu sehen. Ich sollte mir eine davon aussuchen. Mo schaute mir über die Schulter und nahm mir die Entscheidung ab.

Also setzte ich mich auf einen Stuhl und begab mich ins Unvermeidliche. Die Angestellte, die sich um meine Frisur kümmerte, war sehr nett und sagte nach einer Weile, dass ich ein sehr hübsches Gesicht habe.

Die Chefin hatte uns überredet, auch gleich die Fingernägel färben zu lassen. Mo suchte auch hierfür die Farbe aus. Im Studio hatte niemand bemerkt, dass ich ein Mann war. Mo hatte ihre Perücke und sah richtig flott damit aus. Ich hatte eine neue Frisur, die mich noch weiblicher erscheinen ließ.

Aus dem Studio kommend, gingen wir weiter die Straße entlang und sahen in einer Seitenstraße ein Hotelschild. Mo und ich überlegten uns, dort ein Zimmer zu nehmen.

Wir checkten ein und bekamen ein Zimmer mit Doppelbett. Sofort rief ich Monika an und gab die Telefonnummer durch, unter der wir erreichbar waren.

Da es im Haarstudio doch eine lange Zeit gedauert hatte, nahmen wir im Hotel am Mittagstisch teil. Zwei gutaussehende Männer wollten mit uns anbandeln. Mo hatte die aber sehr schnell auf ihre Art abgewimmelt.

Nach dem Essen zogen wir uns auf das Zimmer zurück und warteten. Dann rief Monika an und gab uns die Adresse der Wohnung durch. Wir checkten sehr zum Erstaunen des Hotelpersonals wieder aus und eilten hierher." Damit endete mein Bericht.

„Hm", Moni schaute mich erforschend an und fragte, „weißt Du, wie viel Du wiegst? Monika gibt es eine Personenwaage hier?"

„Ich sehe mal nach!", rief Monika und machte sich auf die Suche. „Ja", sagte ich und nannte mein Gewicht, „warum willst Du das wissen?"

„Yvonne, Dein ganzer Körper hat sich verändert. Du hast Rundungen an Stellen bekommen, die vorher nicht da waren. Deine Brüste werden immer größer. Deine Oberschenkel dicker, Deine Arme dünner. Es findet sozusagen eine Neuverteilung in Deinem Körper statt."

Monika kam mit einer Personenwaage in der Hand zurück und stellte sie auf den Boden. Ich stieg darauf, wog mich und sah auf die Anzeige. Ich war fassungslos, mein Gewicht hatte sich reduziert, um mindestens zehn Kilo.

Entsetzt lief ich zu einem Standspiegel im Flur und konnte meinen ganzen Körper betrachten. Ich zog mein Kleid sowie die Unterwäsche aus und betrachtete mich nackt im Spiegel.

Das einzige was sich nicht zu verändern schien, war mein Geschlechtsteil zwischen den Beinen. Darüber war ich sehr erleichtert. Ansonsten stimmte fast gar nichts mehr.

Die Mädels waren mir leise gefolgt und schauten mir zu. Mit einem Mal wurde mir bewusst, wie warm ich mich in den letzten Tagen gefühlt hatte. Auch das war nicht normal.

Doch irgendwie bewunderte, ja bestaunte ich das Wachstum meiner Brüste. Ich hüpfte auf der Stelle und konnte die Bewegung, die die Brüste dabei machten, spüren.

Es löste ein leicht euphorisches Gefühl in mir aus, aber so langsam wurden sie mir zu groß.

„Ich sage ja, Du brauchst einen BH", kicherte Monika, die mich genau beobachtet hatte. Mo und Moni kamen auf mich zu und umarmten mich. Sie trösteten mich und Moni gab mir ein Versprechen: „Yvonne, wir bringen das in Ordnung!"

Das bestätigte Mo mit einem Nicken: „Versprochen!" Nun nahm uns auch Monika in ihre Arme und erklärte: „Ist das nicht aufregend? Wir lieben uns und sind mitten in einer Geschichte. Toll!"

Sie wollte mich auch trösten und meinte: „Yvonne, sei nicht traurig! Schau mal, so kannst Du ohne Scheu Nylons und Pumps tragen, ist doch auch was, oder?"

Ich zog mich wieder an und gemeinsam gingen wir zum Wohnzimmer. Mir war bei alledem nicht ganz geheuer. Was würde noch kommen? Als wir alle saßen, ergriffen wir unsere Hände und überlegten.

Dann sprach Moni ihre Gedanken aus: „Ich denke, wir haben nur die Möglichkeit, mehr zu erfahren, wenn wir warten, bis eine Seite Kontakt mit uns aufnimmt. Deshalb gehe ich alleine nach Hause und werde dort warten. Ihr bleibt hier! Vorerst ist das unser Versteck. Geht das Monika?"

Monikas Antwort ließ nicht lange auf sich warten: „Klar, meine Eltern kommen erst nächste Woche zurück. Bis dahin können wir hierbleiben, Liebes." „Ihr solltet weitere Lebensmittel, Getränke und so einkaufen, damit wir hier einen Vorrat haben", erklärte Moni.

Nun kam Mo ein Gedanke und sie sagte: „Ich rufe meinen Stiefbruder Rainer an, der ist bei der Polizei. Der wird Dich zu Hause beschützen!"

Moni schaute Mo skeptisch an: „Meinst Du, der macht das?" „Ja, für mich macht er alles. Es ist der Bruder, der mich vor meinem Vater beschützt hatte. Er ist okay!", erwiderte Mo.

So machten wir es. Da es draußen für nackte Beine nicht gerade warm war, zogen Mo und ich Nylonstrümpfe an und schlüpften in unsere Pumps. Zusammen verließen wir die Wohnung. Moni ging nach Hause und Monika machte sich auf, um Lebensmittel und Dinge, die wir benötigen, einzukaufen.

Das Stolzieren auf High Heels und in einem Kleid machte mir zunehmend mehr Freude.

Ich freute mich richtig auf einen kleinen Ausflug. Mo strahlte mich an, als ich ihre Hand nahm. Sie packte fest zu, so als wollte sie meine Hand nie wieder loslassen und gemeinsam spazierten wir schweigend die Straße entlang.

Wir suchten die nächste Telefonzelle. Als wir eine fanden, ging Mo hinein und rief ihren Bruder an. Rainer war sofort bereit, Monis Schutz zu übernehmen und machte sich zügig auf den Weg zu ihr. Nach dem Anruf gingen wir zurück.

Wir waren zuerst in der Wohnung angekommen und warteten auf Monika. Als sie dann endlich kam, erklärte sie, dass sie nicht lange bleiben könne. Sie war unsere Kontaktstelle und musste zu Hause auf einen Anruf von Moni warten.

♥

Bevor Monika ging, zauberte sie, für uns überraschend, typische Frauenunterwäsche, lange T-Shirts, einige Leggins und Ballerinas aus ihrer Umhängetasche.

Mo und ich konnten endlich die Kleider ausziehen. Beide wählten wir eine schwarze Leggins aus und zogen sie an.

Während Monika uns dabei zusah, meinte sie, sie wäre schnell mal zu Hause vorbeigefahren und hatte die Dessous und die Klamotten extra für uns geholt. Sie nahm eine Anzahl BHs in ihre Hand und hielt sie mir entgegen: „Probiere die mal an. Müssten dir passen!"

Dann bekam Mo auch einige BHs. Mo meinte: „Muss das sein? So was trage ich eigentlich nicht!" „Ja Liebes, das muss sein. Die Erdanziehung macht auch für Deine Brüste keine Ausnahme!"

Mit einem: „Ich hasse diese Dinger!", wählte Mo einen leicht transparenten schwarzen BH und probierte ihn an. Er war ein kleinwenig zu eng, aber die Körbchen Größe stimmte.

Sie wollte keine anderen anprobieren. Dieses Anprobieren sei nichts, was ihr Spaß machte. Monika schaute sie an und sprach eindringlich: „Mo, Du hast eine perfekte Figur. Du kannst solche Sachen prima tragen. Schade, dass Du nichts daraus machen willst!"

Nach meinem Geschmack sah Mo in den Leggings und nur mit dem BH bekleidet sehr reizvoll aus. Ich sah Mo an, dass sie sich mit dem BH nicht wohl fühlte und sich nicht gerne zur Schau stellte. Deshalb griff sie schnell nach einem dunklem T-Shirt und zog es über.

Ich probiert einige der BHs an. Einer in rosa gefiel mir besonders gut, der passte perfekt. Mo und Monika fanden, dass ich ihn gut tragen könnte und machten mir nette Komplimente.

Ich hatte jetzt etwa die gleiche Brustgröße wie Monika. Wenn es nicht so unheimlich gewesen wäre, hätte ich richtig glücklich sein können. Von solchen Brüsten hatte ich oft geträumt. Über eines war ich allerdings erleichtert. Egal wie mein Körper sich veränderte, ich war und ich blieb ich!

Auch ich suchte mir ein T-Shirt aus und bekleidete mich damit. Nun hieß es aktiv werden. Nachdem wir alles verstaut und ein wenig aufgeräumt hatten, verabschiedeten wir Monika auf unsere liebe Art.

Mo und ich waren wieder mal alleine in einer Wohnung. Ich befreite mich vom T-Shirt und wollte den BH wieder ausziehen, aber Mo bat mich darum es nicht zu tun: „Bitte Yvonne lass ihn noch an, für mich, lass mich Dich noch ein wenig damit ansehen!"

Ihren Wunsch konnte ich natürlich nicht abschlagen und so setzte ich mich Ihr gegenüber. Ich wiederum betrachtete Mo und fand erneut, dass sie eine sehr schöne Frau war.

Warten auf etwas kann sehr ermüdend sein. Was sollten wir machen? Wir legten uns irgendwann nach einer angeregten Plauderei auf das Bett und machten ein Nickerchen.

Ich träumte sehr intensiv. Einen Traum, an dem sich keiner nach dem Aufwachen mehr erinnern kann, aber ganz genau weiß, es war ein Alptraum.

♥

Mo erzählte mir hinterher, dass ich mich vor Krämpfen geschüttelt hatte, mir der Schweiß den Körper heruntergelaufen war, und dass ich dabei laut gestöhnt hatte.

Als sie mich so sah, wie ich mich gequält hin und her wälzte, wie sich mein Körper schüttelte, war sie sehr erschrocken und machte sich große Sorgen: „Was hat Yvonne? Warum geht es ihm so?"

Sie versuchte, mich zu wecken, aber es gelang ihr nicht. Hilflos musste sie zusehen, wie ich mich vor Schmerzen krümmte. Das einzige was sie tun konnte, war, mir immer wieder den Schweiß mit einem Tuch abzuwischen.

Sie überlegte gerade einen Arzt anzurufen, als ich schließlich ausgelaugt und geschwächt erwachte. Ich hatte das Gefühl, ich müsste mich übergeben.

Ich eilte zur Toilette und dort blieb mir fast das Herz stehen, als ich die Leggings herunterzog.

Mein Geschlechtsmerkmal war verschwunden. ER war einfach weg. Es war beängstigend und unfassbar. Langsam ließ ich mich zu Boden gleiten und setzte mich auf mein Hinterteil. Ich tastete behutsam an der Stelle zwischen meinen Beinen und fand... nichts! Wie von Wölfen gehetzt sprang ich auf.

Die herunter gelassene Hose brachte mich dabei ins strauchheln und fast wäre ich gefallen. Bevor es jedoch dazu kommen konnte, hatte ich mich wieder gefangen.

Ungeduldig riss ich mir die Leggings und den BH vom Leib und rannte aus dem Badezimmer zu dem Standspiegel hin.

Was ich da im Spiegel erblickte, war ein Frauenkörper. Durch und durch eine Frau, und ich war es! Ich schrie laut auf, und Mo kam angelaufen. Erschrocken blickte sie auf meinen Schoss und sah statt meinem Penis eine Muschi.

Meine Beine gaben nach, und ich wäre wohl mit voller Wucht auf den Boden geknallt, wenn Mo mich nicht aufgefangen und festgehalten hätte. Sie brachte mich mit etwas Mühe zum Bett zurück und half mir dabei, mich hinein zu legen.

Danach zog Mo ihre Kleidung aus, kletterte zu mir ins Bett, legte sich an meine Seite und deckte uns mit einer Bettdecke zu. Unsere nackten Körper berührten einander und ich konnte ihre Körperwärme spüren.

Mo nahm mich in den Arm, während ich meinen Kopf auf ihre Brust legte.

„Hab keine Angst, Yvonne, ist ja gut, ich halte Dich!"

Langsam und zärtlich fuhr sie mir mit der freien Hand durch mein Haar. Dabei konnte ich mich ein wenig beruhigen und bekam die Pause, die ich brauchte, um das zu verarbeiten.

♥

Okay, als Mann hatte ich ein wenig die Frauen beneidet, dass sie anziehen konnten, worauf sie Spaß hatten. Alles war erlaubt. Wir Männer sind da steifer und eingeschränkter.

Ab und zu träumte ich sogar von eigenen Brüsten. Das tat ich aber ab nach dem Motto: Was ich nicht habe, wollte ich eben gerne haben. Und ich liebte es, die Brüste meiner Freundinnen berühren zu dürfen.

Ich hatte schon öfter von Menschen gehört, die mit vollem Ernst behaupten, dass sie in einem falschen Körper oder mit dem falschen Geschlecht auf die Welt gekommen sind. Jedoch, noch nie habe ich gehört, dass es jemanden gelungen ist, seinen eigenen Körper in den Traumkörper zu verwandeln.

Aber meine totale Verwandlung, das konnte doch nur ein Traum sein. So was gab es einfach nicht! Das ist reine Fantasy! Gegen kleine Brüste hätte ich ja nichts gehabt.

Aber diese Verwandlung nach der Devise, entweder ganz oder gar nicht, war unheimlich. Das hatte ich nicht gewollt und ich konnte nichts dagegen tun.

Ich konnte und wollte es nicht glauben und war kurz vor dem Durchdrehen. Warum war gerade mir das passiert?

Ich war doch glücklich, so wie es war, mit Mo, Moni und Monika. Warum das alles? Was sollte nur werden?

Nun klammerte ich mich an Mo wie ein Äffchen und hielt sie ganz fest. Doch immer wieder musste ich meinen Kopf heben und zu der Stelle meines Geschlechtsteils schauen.

Mo bemerkte meine Blicke, die sich immer wieder ungläubig auf meinen Schoss richteten. Sie nahm meine Hand und gemeinsam berührten wir die Stelle, an der sich einmal meine Männlichkeit befunden hatte.

„Damit Du nicht verrückt wirst, solltest Du Dich damit abfinden. Es gehört jetzt zu Dir. Wie auch immer es dazu kommen konnte." Mit diesen Worten streichelte sie zärtlich meine neue Muschi. „Wir werden einen Weg suchen und finden, das rückgängig zu machen", versuchte sie mich zu beruhigen.

Auch flüsterte sie mir tröstende Worte ins Ohr: „Yvonne, hab keine Angst. Ich bin ja da! Du bist nicht alleine, wir halten alle zu Dir." Ich zitterte am ganzen Körper und konnte es nicht verhindern. Ich war froh, dass wenigsten Mo in dieser schwierigen Stunde bei mir war. Unwillkürlich fing ich hemmungslos an zu weinen.

Mo wischte mir immer wieder die Tränen ab und erklärte mit leiser, ruhiger Stimme: „Ich liebe Dich, auch wie Du jetzt bist!"

Es tat gut, geliebt zu werden. Nach einer Weile beruhigte ich mich und hörte auf zu weinen. Dann mit einem Mal wurden meine Augenlieder ganz schwer.

Von Mos Armen gehalten und behütet, schlief ich schließlich ein.

Als ich erwachte, fühlte ich mich zu meinem Erstaunen frisch und munter, voller Tatendrang und Tatkraft. Ich denke mal, eine Schutzeinrichtung in meinem Kopf hatte dafür gesorgt, dass ich nicht verrückt wurde.

Nur so konnte ich es mir erklären, dass ich jetzt nicht niedergeschlagen war, und irgendwie erfasste ich, dass meine Verwandlung damit abgeschlossen war. Mein Schmerz um den Verlust, den ich erlitten hatte, war auf unbegreifliche Weise nicht mehr so schlimm.

Mit Bedacht löste ich mich aus Mos Umarmung. Ich setzte mich im Bett aufrecht hin und tastete vorsichtig und neugierig meine Muschi ab. Behutsam untersuchte ich meine Vagina.

Es war alles so, wie ich es von einer echten Frau erwarten würde. Ich war überrascht, wie ich auf meine Berührung in diesem Bereich reagierte. Es war so, ja, so anders, als wie ich es mir als Mann je vorstellen konnte.

Ich weckte Mo, die neben mir lag und ebenfalls eingeschlafen war. Sie öffnete ihre Augen und blickte mich mit besorgten Augen an. Zärtlich fragte sie mich: „Wie geht es Dir?"

Sie richtete sich auf und legte einen Arm um mich: „Was ist nur mit Dir passiert? Wie fühlst Du Dich?" „Mir geht es überraschend gut", antwortete ich und sprach leise weiter, „Mo…., ich bin jetzt eine Frau!"

Mo lächelte mich an: „Ich liebe Dich. Ich werde dich immer lieben!" Sie küsste mich am Hals und knabberte an meinem Ohrläppchen. Mit einem Arm hielt sie mich immer noch fest und fuhr mir mit der anderen Hand sanft über meine Brüste.

Bei Mos liebevoller Berührung ergriff eine völlig neue Art der Erregung meinen Körper.

Mo schien es zu spüren und gab mir vorsichtig einen Kuss, den ich gerne erwiderte. Und dann noch einen und beim nächsten Kuss berührte ihre Zunge die meine und liebkoste sie. Dieses Küssen löste in mir ein wildes Verlangen nach mehr aus.

Ich wollte mehr davon. Ich forderte und bekam mehr. Meine Arme umschlangen Mo und hielten sie fest. Denn ich wollte nicht, dass sie aufhörte, mich zu küssen. Dieses Küssen war einfach atemberaubend.

Kurz unterbrach Mo das Küssen und sagte mit einer ruhigen Betonung und mit der Kraft der Liebe in ihrer Stimme: „Yvonne, entspann Dich! Lass Dich einfach fallen! Ich bin ja bei Dir, und alles wird gut!"

Alle meine Unsicherheit, Angst und Verzweiflung begann sich zu verflüchtigen. Die Gedanken an das Dasein als Mann verblassten zunehmend.

Und dann? Dann machte ich meine erste Liebeserfahrung als vollkommene Frau. Mo ließ sich dabei sehr viel Zeit, berührte mich langsam und vorsichtig. Sie gab mir die Gelegenheit, meinen neuen Körper kennen zu lernen, zu spüren und... es zu genießen.

Leise flüsterte sie mir mit ihrer lieben zärtlichen Stimme zu: „Liebling, hab keine Angst."

Während sie mich innig küsste, verstand sie es meisterhaft, ihre rauen Arbeitshände zart und behutsam über meinen gesamten Körper gleiten zu lassen.

Es dauerte nicht lange, da erwachten in mir ein Verlangen.

Eine wilde ungezähmte Leidenschaft, von der ich bis dahin nicht einmal wusste, dass so etwas existierte.

Vorsichtig drückte sie meinen Oberkörper in die Kissen zurück und sagte: „Schließe Deine Augen und fühle Deinen neuen Körper." Ich schloss meine Augen, obwohl es mir zunächst schwerfiel.

Langsam ließ sie ihre Lippen bis zu meinen Brüsten wandern und fing an sie zu liebkosen. Oh, das gefiel mir! Doch damit nicht genug, küsste mich Mo bald überall.

Mal küsste sie meine Füße, mal kletterte sie mit ihren Lippen meine Beine hinauf und dann wieder küsste sie meinen Bauchnabel. Sie küsste und biss vorsichtig an der Innenseite meiner Ellbogen.

Bald darauf fuhr sie mit ihrer Zunge meinen Arm bis zu meinem Hals hoch, saugte und küsste daran. Dann lies sie ihr Zunge weiter wandern, bis sie meine Lippen erreichte.

Ich wollte ihre Liebkosungen kopieren und ihr zurückgeben, was ich empfing. Doch sie drückte meinen Körper erneut in die Kissen zurück und schob meine Hände lieb beiseite.

Dabei sagte sie leise und einschmeichelnd: „Yvonne, nicht heute, es ist Dein erstes Mal als Frau. Es soll für Dich was ganz Besonderes sein. Lass Dich einfach fallen, lass los, genieße es, mach Deine Augen zu."

Und wieder küsste sie mich innig. Ich genoss es so sehr, ach war das schön. Nun konnte ich meine Augen nicht länger geschlossen halten. Meine Hände schienen ein Eigenleben zu haben und versuchten, Mo überall zu streicheln.

Dabei berührte ich ausversehen ihre Muschi. Als ich bemerkte wie Mo darauf reagierte, kam mein Blut in Wallung. Aber wieder nahm Mo meine Hände und legte sie sanft an meine Seite: „Yvonne... nicht heute!"

Erneut küsste sie mich sehr intensiv. Oh, wie mir das gefiel! In diesem Augenblick wünschte ich mir, dass es nie mehr aufhören würde.

Dann knabberte Mo an meinem Hals, streichelte meinen Rücken, knetete meinen Nacken, spielte mit meinen Haaren, küsste mich immer wieder leidenschaftlich auf meinen Mund und lies ihr Zunge auch in Bereichen spielen, die mir Worte der Entzückung entlockten.

Mo verstand es, meine Empfindungen immer mehr zu steigern und meinen Verstand auszuschalten. Es war eine völlig neue Erfahrung. Ich bekam das Gefühl, Mos Lippen und Hände überall zu spüren.

Irgendwann glitten ihre Hände meine Oberschenkel hinauf. Sie knetete mich dabei sanft mit ihren Fingern. Dann erreichten ihre Hände einen Bereich, den sie im Wechsel mit ihrer Zunge leidenschaftlich liebkoste.

Meine ungewollten Reaktionen auf diese Taten ließen mich wild werden. Ich griff ihr mit meinen Händen in ihre Haare, drückte ihren Kopf in meinen Schoß und rief: „Ja, Ja... Jaaa!"

So machte sie mir Schritt für Schritt das weibliche Empfinden sehr, sehr deutlich. Ich tauchte ab ins unbekannte Wasser und ließ mich einfach sinken.

Und dann, ja, dann explodierte etwas in mir, mein ganzer Körper verkrampfte sich, und ich schrie, wie noch nie in meinem bisherigen Leben, meine Gefühle hinaus.

Echt, es war unbeschreiblich. Noch lange danach streichelte mich Mo. Dabei sah sie mich sehr verliebt an, flüsterte Worte der Liebe in mein Ohr und immer wieder küssten wir uns! Ich war so glücklich, ja wirklich, so glücklich wie noch nie!

Als Mann hatte ich auch so meine sensiblen und intensiven Gefühle bei einem Liebesakt erlebt, aber das, was eine Frau dabei fühlen kann... oh, mein Gott! Ob ich wohl in Zukunft damit klar komme?

Denn nun war ich ‚Frau Yvonne Kai Blauton'

Mit diesen Gedanken, einem Lächeln im Gesicht und innerlich entspannt, lag ich in Mos Armen und glitt sanft in einem erholsamen Schlaf.

Zu Hause

In der Wohnung ihrer Mutter angekommen, musste Moni erst mal die Toilette aufsuchen und sich erleichtern. Danach zog sie sich was Bequemes an und machte sich in der Küche einen Kaffee.

Mit der vollen Tasse setzte sie sich an den Tisch und wartete. Lange musste sie nicht warten.

Es schellte. Moni öffnete die Tür und erblickte das Duo Kronen / Maier.

Kronen drängte Moni beiseite und betrat die Wohnung. Maier fragte betont freundlich: „Wir dürfen doch?", und trat ebenfalls ein.

Moni machte die Tür zu und drehte sich um. Die zwei Männer standen vor ihr und blickten sie an. „Wo waren Sie von gestern im Parkhaus bis jetzt?", eröffnete

Kronen das Gespräch, „und wie sind Sie an uns vorbeigekommen?"

Moni überlegte, was sie sagen sollte, als die Klingel erneut zu hören war. „Moment bitte!", sagte sie, drehte sich zur Tür um und machte sie auf. Da stand ein junger Mann. Das konnte eigentlich nur Rainer sein, der Stiefbruder von Mo. Moni war erleichtert. Das war vielleicht der Ausweg.

Sie fiel deshalb Rainer um den Hals, gab ihm ein Küsschen auf den Mund und sagte: „Schatz, da bist Du ja, komm rein." Etwas verdutzt betrat auch Rainer die Wohnung. „Hier haben Sie die Antwort", sprach Moni die zwei Männer an, „wir hatten uns gestern im Parkhaus getroffen und sind dann in seinem Wagen weggefahren und hatten einen schönen Abend!"

Kronen wandte sich an Rainer: „Ist das wahr?" Rainer spielte mit: „Wenn meine Freundin das sagt, ist es wahr. Sie kann nämlich nicht lügen. Sie bekommt dann immer rote Bäckchen davon." Er zwickte dabei Moni in ihre rechten Wange.

Maier sagte zu Moni: „Wir wissen, dass Sie seit ihrer Schulzeit immer mit zwei Frauen und einem Typen herumgehangen haben. Mit Kai Blauton! Wo ist dieser Kai?"

„Ach, Kai suchen Sie?", fragte Moni. Sie spielte ein perfektes Nichtwissen: „Den Kai habe ich schon lange nicht mehr gesehen, und der passt auch nicht mehr zu unserer Frauentruppe."

„Kennen sie Kai?" wurde Rainer gefragt. Wahrheitsgemäß antwortete er, denn mich hatte er noch nie gesehen: „Nee, kenn ich nicht!"

Kronen sprach jetzt wieder Moni an: „Nennen Sie mir die Namen ihrer Freundinnen und wo sie erreichbar sind!"

„Warum sollte ich das tun?", fragte Moni

„Weil wir Sie nett danach fragen", antwortete Maier, „und weil wir das sowieso erfahren werden. Sie ersparen uns nur ein wenig Zeit und Mühe!"

Jetzt mischte sich Rainer ein und sagte: „Meine Herren, ich finde, es ist genug gefragt. Wo Sie einen Kai oder wie der Kerl heißt finden, wissen weder wir noch unsere Freundinnen. Ich muss Sie jetzt bitten zu gehen. Wir haben heute noch etwas vor!"

„Gut", sagte Kronen, „hoffentlich werden Sie das nicht eines Tages bereuen. Nur wir können Kai helfen und ihn vor dem was ihn erwartet beschützen. Aber es ist Ihre Entscheidung." Kronen und Maier verließen die Wohnung.

Moni war darüber sehr erleichtert: „Mensch, Rainer, danke, dass Du im richtigen Augenblick gekommen bist. Und entschuldige meinen Überfall."

Mit leicht errötetem Gesicht erwiderte Rainer: „Nicht der Rede wert. Ich werde selten von schönen Frauen mit einem Kuss begrüßt." Nun bekam auch Moni leicht rötliche Wangen: „Äh, tschuldigung!"

In diesem Moment klopfte jemand an der Tür. Moni machte auf und sah Alex, den Mann aus dem Bistro. Er kam rein und ging durch den Flur direkt ins Wohnzimmer, wo er sich in einen Sessel plumpsen ließ.

Moni machte die Tür zu und eilte mit Rainer im Schlepptau hinterher.

„Wo kann ich Kai Blauton treffen?", fragte Alex sofort.

„Kai?", stellte sich Moni dumm. „Ja, den kennst Du doch, und er wurde im Planken-Institut geboren. Von ihm hast Du mir doch im Bistro erzählt. Nicht wahr?"

„Ach, den Kai. Den habe ich schon lange nicht mehr gesehen", sprach Moni. „Es wäre gut, wenn Du ehrlich zu mir bist. Kai stellt den Beweis eines ungeheuren Kriegsverbrechens da. Deshalb will unsere Regierung alles vertuschen. Die Kinder, die sie in ihre Finger bekamen, wurden entsorgt. Wie das mit Beweisen manchmal gemacht wird!"

„Sie meinen, die Kinder wurden umgebracht?", fragte Rainer. „Das habe ich so nicht gesagt!" „Aber so gemeint!", fuhr Moni dazwischen. „Was ist so besonders an Kai?", fragte sie.

Alex erklärte: „Von Natur aus sollte er als Mädchen geboren werden und wurde durch einen ärztlichen Eingriff als Junge geboren. Dabei ist etwas schiefgegangen."

„Nicht alle wurde von weiblich nach männlich umgeformt, sondern…", hier stockte Alex kurz, als hätte er fast zu viel erzählt, und sprach dann weiter, „die armen Kinder haben keine hohe Lebenserwartung, wenn wir ihnen nicht helfen."

„Sollten diese Kinder jemals obduziert werden, kommt alles ans Tageslicht. Das kann unsere Regierung nicht zulassen. Darum nochmal, wo kann ich Kai treffen?"

Moni sagte darauf: „Diese Kinder sind zu bedauern. Aber wo Kai ist, weiß ich wirklich nicht. Wir haben schon lange keinen Kontakt mehr mit ihm. Um Kai zu helfen würde ich es sagen."

Alex stand auf und bewegte sich Richtung Wohnungstür: „Wir bekommen heraus, ob Du die Wahrheit sagst. Uns kannst du nicht so einfach überlisten, indem Du mit dem da", er zeigte auf Rainer, „aus dem Parkhaus flüchtest. Wir wissen, dass Ihr beide Euch mit Kai getroffen habt." Nun ging er endgültig.

„Scheiße!", dachte Moni, „er muss das Gespräch mit Kronen und Maier abgehört haben. Wir dürfen in dieser Wohnung über nichts Wichtiges reden." Rainer sagte: „Ziehst Du Dir was an, wir wollten doch noch was unternehmen und ins Bistro gehen!" Er zwinkerte dabei mit einem Auge. Rainer hatte verstanden!

♥

Moni und Rainer kamen aus dem Haus und machten sich auf den Weg zum Bistro. Da Moni bemerkte, dass Kronen und Maier auf der anderen Straßenseite ihnen offen folgten, hakte sie sich demonstrativ bei Rainer unter. Als sie das Bistro erreichten, gingen sie hinein. Kronen und Maier blieben draußen stehen und spielten ihre Beobachterrolle.

Im Bistro suchten sich die beiden einen Tisch aus und setzten sich. Moni sah sofort Alex am Tresen, der unverblümt herüberschaute. Da tauchte Beate in ihrem Blickfeld auf. Beate hatte sie auch entdeckt und kam flott heran.

„Hi", sagte sie und schaute interessiert Rainer an. Der gefiel ihr, er sah gut aus. Sie setzte sich, ohne zu fragen, an den Tisch.

Rainer fragte: „Was wollt Ihr trinken? Ich gehe das organisieren." „Einen Cappuccino", sagte Moni. „Für mich das gleiche", äußerte sich Beate. Rainer stand auf und ging.

„Ist das der Kerl, weswegen Du angerufen hast? Sieht gut aus. Hast Du was mit dem? Oder ist der frei?", löcherte Beate. Moni war mit ihren Gedanken ganz woanders, hatte gar nicht richtig zugehört und erwiderte: „Frei, ja, ja."

„Dann hast du nichts dagegen, wenn ich mein Glück versuche?" „Nein, wieso denn?" In diesem Augenblick kam Rainer mit den Getränken zurück.

Nachdem er sich niedergelassen hatte, sagte Beate: „Ich bin die Beate." „Rainer", stellte er sich vor. „Was machst Du so?", begann Beate das Gespräch.

Moni stand auf, „Ich muss mal", und schlenderte zur Toilette. Sie meinte, Alex Blicke im Rücken zu spüren. Im WC-Raum ging Moni zum Waschbecken, als sie die Frau aus dem Parkhaus sah: „Tag, Schätzchen. So sehen wir uns wieder."

Sie kam näher und reichte Moni ein kleines Blatt Papier. „Merk Dir die Adresse gut und schicke Deinen Schützling dahin. Von mir aus auch mit Begleitung. Nur Du darfst da nicht mitkommen, Schätzchen. Du wirst lückenlos überwacht. Am besten rufst Du ihn an und gibst die Adresse durch, Schätzchen!"

„Wieso soll ich Ihnen trauen? Und meinen Freund ausliefern?", fragte Moni. „Schätzchen, wir sind seine einzige Chance. Aber wenn Du uns nicht glaubst, schicke jemand anderes."

„Der wird dann alles erfahren, dann kann Dein Schützling selbst entscheiden!"

„Wenn ich so überwacht werde, wie Sie sagen, kann ich nicht telefonieren. Die können auch von den Lippen ablesen!", sagte Moni.

Die Frau fing an zu lachen und meinte: „Schätzchen, wer hat Dir denn diesen Blödsinn erzählt? Lippenlesen ist eine Gabe und sehr schwer zu erlernen. Ich glaube nicht, dass die das können!"

„Alex hat...", begann Moni, „Alex also, vor dem musst du dich in Acht nehmen. Der ist gerissen und brutal! Ich muss jetzt wieder los! Ich denke nicht, dass wir uns wiedersehen, Schätzchen." Sie nahm das Blatt wieder an sich und verließ den Raum.

Zurück bei Beate und Rainer setzte sie sich und trank einen Schluck von ihrem Getränk. Heute war im Bistro Disconacht, und der DJ legte einen heißen Rhythmus nach dem anderen auf. Es war sehr laut und sie konnten sich kaum unterhalten.

„Sollen wir woanders hingehen?", brüllte deshalb Rainer, „vielleicht darf ich Euch zu einem Eis einladen?"

„Ja, gerne", schrie Beate zurück, „ich hole mir nur schnell meine Jacke." Sie düste los. Wortlos stand auch Moni auf, sie hatte ihren leichten Kurzmantel über die Stuhllehne gehängt. Zu dritt traten sie aus dem Bistro heraus.

♥

Moni sagte: „Wartet mal einen Moment." Sie überquerte die Straße und ging auf Kronen und Maier zu und rief: „Wir gehen jetzt Eis essen! Und sagen Sie Ihrem

Freund im Bistro an der Theke, dass er mir auf die Nerven geht und mich in Ruhe lassen soll." „Welcher Freund?", fragte Kronen.

Aber Moni hatte sich schon umgedreht. Sie ging zu Rainer und Beate zurück. Auf dem Weg zur Eisdiele bemerkte Moni, dass nur Maier hinterherkam.

Alex verließ kurz nach Moni das Bistro und sah, dass Moni mit Kronen und Maier sprach. Er wollte sich schnell verdrücken, als ein dunkelblauer Wagen mit quietschenden Reifen neben ihm anhielt.

Die Autotüren schwangen auf und zwei dunkel gekleidete Männer sprangen heraus und packten Alex am Arm. Sie zerrten und drückten Alex in den hinteren Teil des Fahrzeugs. Dann fuhr der Wagen an und entfernte sich.

In der Eisdiele sagte Moni, nachdem sie ein sehr leckeres Eis mit viel Sahne verschlungen hatte: „Rainer, wir müssen Kontakt mit Deiner Schwester aufnehmen."

„Du hast eine Schwester?", fragte Beate und weiter: „Moni, was willst Du denn von der?" Plötzlich kam ihr eine Erkenntnis: „Ihr habt ein Geheimnis! Moni erzähl mal, ich will alles wissen!"

„Beate, Rainers Schwester ist seit der Schulzeit meine beste Freundin, und ich muss ihr was sagen", antwortete Moni. „Was willst Du ihr sagen?", drängelte Beate wissbegierig.

Jetzt mischte sich Rainer ein und meinte, „Das ist eine Sache nur zwischen meiner Schwester und Moni. Das geht Dich und mich nichts an. Da halten wir uns besser raus."

„Ach, haben die sich verkracht?", versuchte Beate doch noch was zu erfahren. Moni spielte die zerknirschte und sagte: „Ja, echt blöde. Das muss ich irgendwie wieder geradebiegen, und Rainer soll mir dabei helfen."

„Ich verstehe", meinte Beate gönnerhaft und legte ihre Hand auf Rainers Unterarm. „Was soll Rainer machen?", fragte sie, „was können wir für Dich tun?"

So langsam empfand Moni Beate als störend! In der Eisdiele stand in einer Ecke ein Münztelefon.

Moni meinte: „Ich gehe mal telefonieren. Vielleicht redet sie ja mit mir." „Viel Glück", sagte Beate mit einem Lächeln.

Nachdem Moni zum Münzapparat ging, meinte Beate: „Du, Rainer mir ist nicht gut! Ich muss mal kurz an die frische Luft." Sie sprang auf und bewegte sich mit weit ausholenden Schritten zum Ausgang.

Vor der Eisdiele stand Maier. Beate stellte sich neben ihm und sagte: „Sie ist telefonieren. Ich glaube, sie ruft ihn jetzt an." Maier fuhr ihr dazwischen: „Deshalb brauchten Sie nicht extra zu kommen. Das haben wir auch so mitgekriegt. Gehen Sie sofort wieder zurück, sonst fällt es auf, dass Sie mit uns zusammenarbeiten."

Maier und sein Kollege waren Beate, nachdem Moni ihnen entschlüpft war, vom Schuhgeschäft bis nach Hause gefolgt. Dort hatten sie Kontakt aufgenommen und Beate erzählt, dass sie bei der Kripo arbeiteten und Moni mit ihren Freundinnen gegen das Gesetz verstoßen hatten.

Von Beate erfuhren sie allerdings nicht viel, aber sie versprach mitzuhelfen.

„Was Moni und ihre Klicke getan haben, ist unverzeihlich. Das muss bestraft werden. Natürlich helfe ich Ihnen, den Boss der hinter allem steckt, zu fassen. Und…" „Jetzt reicht es aber! Gehen Sie zurück!"

♥

Moni rief Monika zu Hause an, erzählte ihr, was sich in der Zwischenzeit ereignet hatte und gab die Anschrift durch, die sie erhalten hatte. „Soll ich zu der Adresse gehen?", fragte Monika. „Nein, Du nicht. Du musst für alle Fälle im Hintergrund bleiben. Informiere Mo und Yvonne. Die zwei sollen dahingehen. Sie erwarten einen Mann und werden Yvonne nicht als solchen erkennen."

„Wann sehen wir uns wieder?", fragte Monika.

„Ich weiß nicht, wann und ob ich meine Verfolger abschütteln kann. Sobald mir das gelingt, sehen wir uns. Ich liebe Euch!"

„Tschüss, Moni. Ich liebe Dich doch auch. Sei bitte vorsichtig, wir brauchen Dich!" Moni legte den Hörer auf und sah, dass Beate gerade die Eisdiele betrat.

„Wo war die denn?", überlegte Moni und ging zu Rainer zurück. „Alles erledigt?", fragte Rainer. „Ja!", sprach Moni leise, ehe Beate zurück am Tisch war.

Laut sagte sie: „Ich bin müde und möchte nach Hause gehen!" Rainer wandte sich an Beate: „Geht es wieder oder ist Dir immer noch schlecht?" „Geht schon!", erwiderte Beate.

Zu Moni sagte Rainer: „Gut, dann gehen wir, und ich begleite Dich!" „Wir begleiten Dich!", rief Beate, „Du willst doch nicht ohne mich gehen, Rainer. Wenn wir

Moni zu Hause abgeliefert haben, können wir ja noch was zusammen unternehmen."

Rainer schaute ganz unglücklich und meinte: „Ja, vielleicht!" Sie brachten Moni nach Hause. Nachdem Moni im Haus verschwunden war, nahm Beate Rainer an die Hand. Händchenhaltend schlenderten sie davon.

Maier postierte sich vor dem Haus. Eine Weile später tauchte Kronen mit blutverschmierten Händen auf und stellte sich dazu: „Dieser Scheißkerl von der Kirche ist uns entwischt. Alex ist sein Name und er weiß so viel wie wir! Vielleicht sollten wir bei der da", er zeigte auf das Haus, „eine härtere Gangart einlegen. Wenn Du mich lässt, erfahren wir ganz schnell, was wir wissen wollen."

Maier sagte: „Noch nicht!"

Der Hausbesuch

Schwer atmend betrat Monika die Wohnung. Mo und ich kamen ihr im Flur entgegen. „Hast Du was von Moni gehört?", fragte ich. „Ja, deswegen bin ich hier." Nachdem wir es uns bequem gemacht hatten, erzählte Monika von Monis Anruf.

„Wir sollen zu dieser Adresse gehen, ist das richtig?", fragte ich. „So habe ich Moni verstanden", antwortete Monika, „und ich gehe wieder nach Hause, falls Moni anruft."

Ich schaute Mo an: „Bereit für diesen Trip?" „Ja, klar!", antwortete sie.

Mo schaute mich ernst an und forderte mich auf: „Du solltest Monika informieren." „Worüber?", fragte Monika. Ich wusste nicht wie ich anfangen sollte.

„Monika", begann ich vorsichtig, „mein Körper hat sich schon wieder verändert!".

Sie fragte nur: „Wie?" Nun zeigte ich Monika, wie sich mein Körper verändert hatte.

Ich zog mich komplett aus. Monika riss ihre Augen weit auf und rief: „Was ist das? Wo ist er hin? Warum hast du das gemacht?"

„Ich kann nichts dafür, es ist einfach so passiert", stammelte ich. „Der wird mir aber fehlen, ich mochte ihn", gab Monika von sich. Mit einem Schwung warf sie eine Haarsträhne über ihre Schulter zurück und meinte: „Yvonne, das muss ich erst verarbeiten!"

„Ach, was soll es. Ich liebe Dich trotzdem! Auch so können wir Spaß haben! Viel wichtiger: Wie fühlst Du Dich? Kommst Du damit klar? Muss ich mir Sorgen um Dich machen? Klar mache ich mir Sorgen! Mo, was sagst Du dazu?"

Mo sagte: „Ich liebe Yvonne." „Monika", sagte ich, „erstaunlicherweise fühle ich mich in diesem Körper sehr wohl. Ich habe meine Verwandlung akzeptiert. Wenn ich auch noch immer nicht glauben kann, dass so etwas überhaupt möglich ist und gerade mir passieren musste."

„Dann bin ich erst mal beruhigt! Aber wir müssen später ausführlicher darüber reden. Und überhaupt hast Du einen tollen Körper, kein Gramm zu viel oder zu wenig. Dreh dich mal um!" Ich tat ihr den Gefallen.

Sie betrachtete mich und meinte: „Da müssen wir Dir wohl völlig neue Unterwäsche kaufen, Liebes." Sie kam auf mich zu, umarmte mich, legte ihre Lippen auf meine und gab mir einen Kuss.

Dann nahm sie ihren Kopf zurück und sagte: „Yvonne, Du gefällst mir in dieser Gestalt – ich meine als richtige Frau – auch! Hauptsache, Du bleibst Du, denn ich liebe Dich! Aber vielleicht wird Er", sie schaute auf meinen Unterleib, „mir ein wenig fehlen!", und zu Mo sagte sie: „Dich liebe ich natürlich auch!"

Sie löste ihre Umarmung, trat einen Schritt zurück und sagte: „Ich muss jetzt zurück. Wegen, ich meine, falls Moni anruft", und dachte laut: „Wie wird Moni das verkraften?"

Ich merkte Monika ihre Verwirrung an und hoffte, dass sie wirklich mit meiner Verwandlung klarkam.

Als Mann war ich eigentlich ziemlich ausgeglichen in meinen Gefühlen und ich machte mir wenig Sorgen. Aber nun, nun hatte ich plötzlich eine Stimmung, die mich irritierte.

In mir gab es jetzt ein Zentrum von Energie, das mir absolut fremd war.

Wie sollte ich damit umgehen?

Monika war schon ein paar Minuten weg, als Mo meinte, dass wir uns doch langsam auf den Weg machen sollten. Also machten wir uns zum Ausgehen zurecht.

Von Monikas mitgebrachter Kleidung nahm ich einen knielangen geblümten Glockenrock mit einer passenden Bluse, während Mo Dessous für mich auswählte. „Kannst du das für mich anziehen?" Das tat ich!

Mo sah mir beim Ankleiden zu und sagte: „Du hast eine tolle Figur. Da muss ich aufpassen, dass Dich kein Mann verführt! Ich bin nämlich ein bisschen eifersüchtig!"

Mit guter Laune umarmte ich sie und antwortete: „Ich brauche keinen Mann! Ich habe ja Dich... und Moni und Monika! Auf die bist Du doch nicht eifersüchtig, oder?"

Mo sah mich entrüstet an: „Was für eine Frage. Die liebe ich doch auch. Wir vier gehören doch zusammen!"

Nun suchte ich etwas für Mo aus. Nachdem sie diese zarten Wäschestücke angezogen hatte, stellte ich erneut fest, wie verführerisch Mo darin aussah.

Wir neckten uns gegenseitig, bevor Mo sich ihr Schlauchkleid anzog.

„Wann kann ich endlich diese Pumps und diese Perücke wegschmeißen?", schimpfte sie, nachdem sie ihre blonde Perücke aufgesetzt hatte. Ich musste darüber lachen. Sie sah umwerfend aus. Erneut kam in mir ein Bauchgefühl hoch und ich wusste, ich liebe sie!

In dem Augenblick kam mir Moni in den Sinn. „Wie wird Moni wohl mit meiner Verwandlung fertig werden?", dachte ich. Meine Selbstsicherheit als Frau war noch nicht sehr groß, und wäre Mo nicht gewesen, wer weiß?

Wir nahmen uns eine Handtasche, wie es uns Monika beigebracht hatte, und tapfer ging ich mit Mo aus der Wohnung, die Treppe hinunter und auf die Straße.

Monika hatte uns einen Stadtplan mitgebracht. In dem Plan hatten wir die Straße zügig gefunden und wussten daher, wohin wir gehen mussten.

Langsam wurde das Gehen auf Pumps für mich zur Gewohnheit, und ich empfand das Gehen in dieser Art Schuh als aufregend.

Ein leichter warmer Windhauch spielte mit meinem Rock und streifte gleichzeitig meine Beine. Es war ein berauschendes Gefühl. Meine Brüste bewegten sich im Rhythmus meiner Schritte. Das war ein ungewohntes aber kein schlechtes Empfinden.

Mo und ich hielten uns an den Händen und eilten unserm Ziel entgegen. Die Blicke, die uns unterwegs die Kerle zuwarfen, an denen wir vorbeikamen, fand ich zu meiner Überraschung gar nicht mehr so unangenehm.

Stolz ging ich mit Mo an der Hand die Straßen lang. Ich ertappte mich dabei, dass ich hochzufrieden meine Spiegelbilder in den Schaufenstern in mich aufnahm.

Was ich da sah, war eine schlanke Frau mit langen Haaren, tollen Beinen und schönem Gesicht. Es fiel mir mit jedem Spiegelbild leichter, zu begreifen und zu akzeptieren, dass ich jetzt so aussah. Ja, dass ich jetzt als Frau die Zukunft erleben und meistern musste.

♥

Am Ziel angelangt standen wir vor einem einstöckigen Haus. Ich holte tief Luft und drückte auf die Schelle. Ein Summen ertönte, und Mo stieß die Tür auf. Wir gingen hinein. Eine Frau begrüßte uns und sagte: „Gehen Sie bitte durch, …in den Raum hinten links. Sie werden schon erwartet."

Als wir den Raum betraten, sahen wir einen älteren Herrn hinter einem antiken Schreibtisch sitzen. Er stand auf, ging um den Schreibtisch herum und gab uns seine Hand.

„Guten Tag! Mein Name ist Chiller. Wie ich sehe, sind Sie ohne Kai gekommen."

„Auch gut. Er tut gut daran, auch uns zu misstrauen. Nehmen Sie doch bitte Platz. Darf ich Ihnen was zu trinken anbieten?"

Wie setzten uns. „Nein, danke!", antwortete Mo. Ich sagte erst mal gar nichts. „Warum sind wir hier?", fragte Mo.

„Sie sind hier, damit Sie später, wenn Sie alles wissen, Kai überzeugen können, uns zu vertrauen", antwortete der Mann, „Am besten fange ich ganz von vorne an.

Mitte des Krieges kam der Führungsstab auf die Idee, Supersoldaten zu bauen. Sie beriefen Wissenschaftler zu einer Versammlung zusammen.

Zwei Wege sollten beschritten werden. Ein rein mechanischer und ein rein biologischer Supersoldat sollte nach dem Willen des Führungsstabes entwickelt, konstruiert und gebaut werden.

Wir betrachten mal nur, was aus dem biologischen Supersoldaten geworden ist, deren Leitung ein gewisser Prof. Kindermann übernommen hatte.

Die ersten Versuche ergaben, dass es keinen Sinn machte, Experimente mit schon geborenen Menschen, Gefangenen, zu machen.

Sie fanden heraus, dass es nur mit Ungeborenen geht. Um viele ungeborene Versuchsobjekte, zu bekommen, führten sie die weiblichen und männlichen Gefangenen regelmäßig zusammen.

Die Schwangeren wurden aussortiert und hatten bis zur Geburt ihres Kindes ein angenehmes Leben."

„Was hat das mit Kai zu tun?", fragte Mo. „Hören Sie bitte weiter zu!"

„Nach weiteren Untersuchungen und etlichen Fehlversuchen wurde festgestellt, dass es nur, wenn überhaupt, mit weiblichen ungeborenen Kindern machbar wäre.

Wie bekannt ist, nutzt der Mensch nur Bruchteile seines Gehirns. Die Wissenschaftler wollten die ungenutzten Gehirnteile aktivieren und somit Fähigkeiten schaffen, über die der Supersoldat verfügen sollte.

Nach den ersten Erfolgen kamen die Misserfolge. Niemand von den armen Kindern überlebte diese Schweinerei lange. Die meisten verstarben schon in der ersten Woche. Eine Schwangerschaft dauert ja ihre Zeit, und so fehlte es bald an Versuchsmaterial.

Deshalb wurden schwangere Frauen entführt. Dann eines Tages gelang es Professor Kindermann, einen weiblichen Embryo in einen männlichen zu verwandeln und neue Fähigkeiten zu wecken. Dieses Kind überlebte die erste Woche. Dann war der Krieg plötzlich aus und die Experimente mussten aufhören.

Die Kirche beteiligte sich nicht nur finanziell. Sie schickte auch ihre eigenen Wissenschaftler und hatten ihre eigenen Ideen, was sie mit dem Supersoldaten letztendlich machen wollten."

An dieser Stelle unterbrach Chiller seine Erzählung und fragte: „Möchten Sie vielleicht doch etwas zu trinken haben?" „Ja", sagte Mo, „jetzt könnte ich ein Glas Wasser gebrauchen." Ich nickte zustimmend.

„Rosi, besorgst Du uns was?", rief Chiller. Wir schwiegen und dachten über das bisher gehörte nach, bis Rosi mit den Getränken erschien.

Mo und ich nahmen uns je ein Glas und tranken ein Schluck daraus.

Der Mann fuhr mit seiner Schilderung fort: „Nach dem Krieg gründete Professor Kindermann das Planken-Institut und forschte weiter."

„Was ist aus dem Kind geworden, dass diese erste Woche überlebte?", unterbrach Mo. „Später", bekamen wir zu hören. „Dieser Professor war wie besessen von seinem Tun. Durch Zufall kam er mit einem jungen Ehepaar ins Gespräch.

Die Frau war schwanger, und sie wollten beide unbedingt einen Jungen. Ohne über die möglichen Folgen nachzudenken, erfüllte ihnen Kindermann den Wunsch. Die Eltern waren überglücklich und gaben eine großzügige Spende an das Institut."

Dadurch kam Kindermann auf die Idee, dass damit viel Geld zu verdienen war und bot sein Umwandlungsverfahren überall an."

Chiller hatte sich wieder hinter den Schreibtisch begeben, setzte sich und trank nun ebenfalls einen Schluck.

„Jetzt hören Sie bitte ganz genau zu. Denn jetzt betrifft es Kai." Er wurde mit seiner Stimme lauter, „was Kindermann nicht beachtet hatte, war die Erweiterung der Gehirnkapazität. Die im Geschlecht umgewandelten geborenen Kinder entwickelten ab der Pubertät seltsame Fähigkeiten.

Einer wurde ein Mathegenie, einer brauchte nur den Bruchteil eines Ereignisses zu sehen und wusste sofort alles und wieder ein anderer konnte nur mit seinem Willen und Gedanken Gegenstände ein Meter hochheben.

Einmal hatte es Zwillinge gegeben. Auch an denen hatte sich Kindermann vergangen. Diese Zwillinge konnten sich gegenseitig ihre Gedanken auch über eine große Entfernung mitteilen. Ein anderes Kind wiederum war bärenstark. Einer war so schnell im Laufen, dass niemand ihm folgen konnte, und wieder ein Anderer konnte stundenlang unter Wasser bleiben, ohne zu ertrinken."

„Das sind einige der Kinder, die wir retten konnten. Was die anderen Kinder für Fähigkeiten entwickelt haben, können wir nur vermuten. Als ein Mitarbeiter einer Zeitung auf diese Umwandlung von Kindern aufmerksam wurde, machte er es publik."

„Da wurden unsere Regierung und die Kirche darauf aufmerksam. Sie besaßen ja das Wissen um die Experimente während des Krieges. Sie reagierten schnell – noch vor uns – und entführten einige dieser Kinder.

Da Kindermann alle seine Unterlagen und Berichte vernichtet hatte, wusste niemand, wer die Eltern dieser Kinder waren und wo diese Kinder lebten.

Einziger Anhaltspunkt waren die neuen Fähigkeiten der Kinder. Manchen Eltern waren diese Fähigkeiten unheimlich und haben mit ihren Kindern einen Arzt oder ein Krankenhaus aufgesucht. So konnten sie lokalisiert werden."

„Das ist ja nicht zu glauben, was Sie uns da auftischen", sagte Mo, „und wenn das stimmt, meinen Sie, Kai könnte auch solche Fähigkeiten entwickelt haben?"

„Ja, unbedingt, wenn er eines von den Kindern ist. Rosi, sag mal Peter Bescheid, dass er kommen soll" bat Chiller.

Es dauerte nicht lang, da betrat ein schlanker, junger Mann mit einer blassen Gesichtshaut das Zimmer. „Das ist Peter", wurde er uns vorgestellt, „zum Beweis, dass ich Ihnen die Wahrheit erzählt habe, demonstriert Peter seine Fähigkeit! Peter, bitte. Zeig, was Du draufhast!"

Peter wandte sich Mo zu und schaute sie mit unbeweglichen Gesichtsmuskeln an.

Plötzlich fing Mos Sessel an zu wackeln und stieg samt Mo erst ein paar Millimeter und dann immer höher. Bei ein Meter Höhe rief Chiller: „Peter das ist hoch genug, setze sie bitte wieder ab!"

Mo war kreidebleich geworden und hielt sich verkrampft an der Sessellehne fest. Ich konnte nur staunen. Es war unglaublich, so etwas konnte es doch gar nicht geben.

Aber ich hatte es mit meinen Augen gesehen. Nachdem Peter den Sessel samt Mo wieder auf den Boden abgestellt hatte, wandte er sich mir zu und fixierte mich.

Er schaute mich an und seine Schläfenadern wurden sichtbar. Schweiß begann von seiner Stirn, an seinen Augen vorbei, herunter zu laufen.

Seine Augen nahmen einen erstaunten Ausdruck an und er holte tief Luft. Da er dem Mann hinter dem Schreibtisch den Rücken zukehrte, hatte der das nicht mitbekommen.

Dann kam ihm wohl so etwas wie eine Erkenntnis, und er lächelte mich wissend an: „Aber, Sie sind doch eine schöne Frau!", äußerte er sich ungläubig.

„Peter, ist gut!", rief Chiller. Da kam Rosi ins Zimmer und sagte: „Telefon, Herr Chiller!"

„Entschuldigen sie mich einen Augenblick", sagte er zu uns und eilte aus dem Raum.

Peter sah mich immer noch irritiert an und sagte mit ganz leiser Stimme: „Du bist einer von uns, stimmt's? Bei Dir versagt meine Fähigkeit und die versagt nur bei Gleichartigen. Aber Du bist eindeutig eine Frau! Wie kann das sein?"

Er sah meinen erschreckten Blick und wollte mich beruhigen: „Keine Angst, ich behalte es für mich!"

Ehe ich etwas darauf erwidern konnte, kehrte Chiller zurück. „So", fuhr er fort, „Sie haben diese kleine Vorführung gesehen und glauben Sie mir jetzt?" „Ja", sagte Mo, „ja, so unglaublich es auch klingt, Ihre Geschichte scheint wahr zu sein."

Chiller schaute Mo direkt an: „Ich will ehrlich sein. Ich bin verdammt neugierig, welche Fähigkeit Kai entwickelt hat."

„Kai?", fragte Mo nach, „Kai hat keine besondere Fähigkeit! Ich kenne Kai seit unserer Schulzeit und wir waren ab dieser Zeit fast täglich zusammen. Ich hätte bemerkt, wenn es da was gegeben hätte."

Nun wandte Schiller sich mir zu: „Und Sie, kennen Sie Kai?" „Nein!", antwortete ich, „ich kenne ihn nicht. Ich bin Begleitung und eine Freundin von ihr", damit zeigte ich auf Mo.

Peter stand immer noch fassungslos auf der gleichen Stelle und stammelte vor sich hin: „Aber sie ist eine Frau!"

Das hatte Chiller gehört und rief: „Peter, genug!" Zu uns gewandt sagte er: „Entschuldigung, aber Peter hat zwar die Fähigkeit, mit Hilfe seiner Gedanken auch die schwersten Gegenstände zu heben, doch leider ist er ansonsten etwas, na sagen wir mal, zurückgeblieben und er bewundert und verehrt schöne Frauen."

Er blickte auf Peter und sagte: „Peter, am besten gehst Du wieder in Dein Zimmer"

„Ist schon gut!", sagte ich. Peter sah mir in die Augen und fragte: „Darf ich Sie einmal berühren, schöne Frau?" „Peter!".

„Ach lassen Sie nur", sagte ich und reichte Peter meine Hand. Er nahm sie, küsste meinen Handrücken und roch daran.

Dann kam er näher und flüsterte, so dass Chiller ihn garantiert nicht hören konnte: „Ich bin nicht so blöde, wie Chiller glaubt, ich tu nur so. Ich helfe Dir, wenn Du meine Hilfe brauchst. Wir werden Dir alle helfen."

Laut sagte er: „Oh, wie schön Sie riechen!" Damit ließ er meine Hand los und marschierte unbeholfen aus dem Zimmer.

„Ich muss mich nochmals für Peter entschuldigen. Aber er ist ein lieber Kerl und tut keinem etwas an.", erklärte Chiller. „Wo waren wir stehen geblieben? Ach ja, welche Fähigkeit hat nun Kai?"

„Kai hat keine besondere Fähigkeit. Er ist, wie soll ich sagen, ein ganz normaler Mann. Ich muss es wissen. Nicht nur, dass ich ihn lange kenne, ich habe... ich habe auch mit ihm geschlafen! So nun ist es raus."

Chiller schaute Mo prüfend an: „Und wo ist Kai?" „Das weiß ich doch nicht! Wissen Sie, als ich diese Frau neben mir kennen gelernt hatte, habe ich mich unsterblich in sie verliebt, wenn Sie wissen, was ich damit meine." Mo nahm meine Hand und schaute mich verliebt an.

Das machte sie prima. Ich blickte verliebt zurück, das fiel mir natürlich gar nicht schwer, da es ja die Wahrheit war. Mo sagte weiter: „Und da ist halt kein Platz mehr für einen Mann."

„Auch Moni hat sich in eine Frau verliebt, und zusammen wollen wir eine reine Frauen-WG gründen. Da würde Kai nur stören. Wo Kai ist? Wirklich, ich habe keine Ahnung!"

„Er muss eine besondere Fähigkeit haben, er ist verschwunden, unsichtbar", dachte Chiller laut.

Dann fragte er uns: „Und warum sind Sie gekommen, und warum hat sich Ihre andere Freundin so für den Artikel in einer Zeitschrift interessiert?"

„Da fragen Sie sie am besten selber. Moni wollte wissen, was hinter all dem steckt, da praktisch jeder nach Kai sucht, und hat uns hierhergeschickt, um das herauszufinden.", antwortete Mo.

„Sie sollten niemandem erzählen, was Sie hier erfahren haben. Es ist besser, zu Ihrer eigenen Sicherheit. Wenigstens bis Kai gefunden wird."

„Wie ich eben am Telefon erfahren habe, ist er der letzte dieser Kinder! Und nun gehen Sie, …bitte. Es hat keinen Zweck, nochmal hierher zu kommen. Das Haus wird dann unbewohnt sein. Bitte, gehen Sie jetzt! Schade um meine Zeit!" Resigniert ließ Chiller seinen Kopf Richtung Schreibtisch sinken.

Wir standen auf und gingen. Im Flur trafen wir auf einen Typen mit Sommersprossen im Gesicht.

Er sprach mich leise an: „Ich bin Karl, Peter hat uns von Dir erzählt und er hat recht."

„Ich kann Dich, wir können Dich fühlen, wie sonst niemand. Wer immer Du auch bist, wir sind alle bereit und wir alle werden warten, bis Du uns brauchst. Übrigens, Du siehst toll aus." Nach diesen Worten ging Karl mit langen Schritten davon.

Seltsam, schon bei Peter hatte ich ein Gefühl, als könnte ich seine Anwesenheit spüren, und bei Karl war es genauso. Mo sah mich an: „Alles in Ordnung?", fragte sie mich. „Mo, lass uns gehen", gab ich zur Antwort.

Bald darauf standen wir wieder auf der Straße, fassten uns an den Händen und gingen davon.

Die Entscheidung

Moni saß in der Küche, stützte sich mit ihren Ellenbogen auf dem Tisch ab und legte ihr Kinn in beide Hände. Sie musste nachdenken.

Kronen, der immer noch mit Maier vor der Tür stand, sagte gerade: „Ich habe es satt, die Nächte um die Ohren zu schlagen. Ich gehe da jetzt rein." Er stürmte los, ehe ihn Maier aufhalten konnte.

Maier rannte hinterher und wollte es wenigstens versucht haben, Kronen aufzuhalten.

Mit einem Krach schwang die Wohnungstür auf und Kronen kam, gefolgt von Maier, hereingestürmt.

Moni fuhr erschrocken zusammen. Sie wollte nachsehen, was so einen Krawall verursacht hatte, und lief Kronen geradewegs in seine Arme.

Er ergriff Moni bei beiden Armen und drückte sie in die Küche zurück. Dort zwang er sie auf einen Stuhl zu sitzen, riss beide Arme nach hinten, hielt sie mit einer Hand fest und holte einen Strick aus seiner Jackentasche. Damit fesselte er Moni die Hände hinter der Stuhllehne zusammen.

Er griff hinter Monis Rücken nach dem Stuhl, kippte ihn auf zwei Beine und zog den Stuhl in die Raummitte. Dann ließ er los, stellte sich vor Moni und fauchte: „Wo ist Kai Blauton?"

Moni war voller Angst und schrie: „Kai? Das weiß ich nicht." Kronen holte mit der rechten Hand aus und schlug mit dem Handrücken zu: „Wo ist Kai Blauton?"

Maier sagte mit gespieltem freundlichem Ton: „Sage es ihm besser, Mädchen, sonst tut er Dir richtig weh!"

Moni schüttelte den Kopf: „Ich weiß es doch nicht, verdammt!" Schon konnte sie die Hand erneut in ihrem Gesicht spüren. Das tat höllisch weh, und sie hörte wieder die Frage: „Wo ist Kai Blauton?"

„Woher soll ich..." Jetzt schlug Kronen mit der Faust zu. Ein starker Schmerz raste Moni durch das Gesicht. Kronen schrie: „Zum allerletzten Mal, wo ist Kai Blauton?"

Plötzlich tauchte noch ein Kerl auf und rief: „Ihr müsst sofort kommen, die Kinder sind alle ausgebrochen. Sofort!"

Maier packte den wütenden Kronen am Arm und meinte: „Komm, die weiß doch nicht, wo dieser Kai ist. Die hat doch viel zu viel Angst, das siehst Du doch. Sie hätte es uns garantiert gesagt, wenn sie was wüsste."

Kronen beruhigte sich ein wenig. Er packte Moni mit einer Hand am Kinn und drückte den Kopf hoch. Dabei schaute er Moni direkt in ihre Augen und sagte: „Schade, es fing gerade an Spaß zu machen, nicht wahr? Naja, vielleicht ein anderes Mal!", und küsste sie auf den Mund.

Dann ließ er von ihr ab, und eilig spurteten die drei Typen aus der Wohnung. Angewidert von dem Kuss musste Moni sich schütteln und schrie ihnen hinterher: „Ihr Schweine, Ihr könnt mich doch hier nicht so sitzen lassen. Macht mich los!"

Sie hörte, wie einer sagte: „Das war dieser Kai, der hat die rausgeholt. Wir sind verarscht worden. Hier finden wir diesen Kai nicht." „Schade, ich hätte der Kleinen gerne noch eine verpasst!", hörte sie Kronen sagen.

Dann war es sehr still, und niemand schien mehr da zu sein, der sie hätte befreien können. Moni versuchte sich selbst zu befreien, aber Kronen hatte sie zu gut festgebunden.

Resigniert gab sie erst einmal auf. Tränen liefen ihr aus den Augen. Sie dachte an Yvonne. An seine Liebe und an die Liebe, die sie mit Mo und Monika teilte.

So saß sie eine lange Zeit. Ihre Arme fühlten sich wie abgestorben an.

♥

Da erschien die Frau aus dem Parkhaus in ihrem Blick. „Na, Schätzchen, so sehen wir uns doch noch mal. Was habt Ihr gemacht? Alle Kinder in unserer Obhut sind weggelaufen, nachdem Deine Freundinnen zu Besuch waren... und wo ist Kai Blaustein?"

„Mach mich los, und sagen Sie nicht immer Schätzchen zu mir!", keuchte Moni. „Aber klar doch, Schätzchen", sie winkte mit den Armen und schnippte dabei mit den Fingern: „Losmachen!"

Zwei Männer kamen herbeigeeilt und lösten die Fessel. Die Frau sah Moni an: „Ich bin Clarissa, Schätzchen... und bring doch mal einer einen Kaffee, aber schnell, sonst klappt uns die Kleine noch zusammen."

Nachdem Moni befreit war, reichte ihr Clarissa ein Küchenhandtuch: „Hi, das tut mir leid. Da sind wir leider zu spät gekommen. Wisch Dir mal das Blut von den Lippen!"

Moni wischte mit dem Tuch über ihr Gesicht und nahm dankbar den gebotenen Becher mit dampfendem Kaffee entgegen.

Der erste Schluck brannte höllisch auf ihren Lippen. Der zweite etwas weniger, und der dritte war kaum noch zu spüren.

Der Mann, der ihr den Becher gegeben hatte, schraubte seine Thermoskanne wieder zu. „Und ich?", fragte Clarissa. Sie machte eine Tür vom Küchenhängeschrank auf, nahm sich eine Tasse und stellte sie laut auf den Tisch.

Auch aus ihrer Tasse stieg einen Moment später der heiße Dampf auf. Sie trank den heißen Kaffee und fragte: „Wer waren die zwei Frauen bei Chiller?"

„Ich kann es nicht sagen", antwortete Moni. „Schätzchen, vor mir brauchst Du doch keine Angst haben. Wo Eure Wohnung ist, in der Ihr Euch immer trefft, wissen wir."

„Als Du in das Haus gelaufen kamst und in den Keller gegangen bist, da kam ich gerade die Treppe herunter. In dem Haus hatten wir zufällig eine Besprechung."

„Ich bin Dir durch den Keller gefolgt und habe Deine Freundin - ich glaube Monika, habe ich nicht recht? - nun ich habe Deine Freundin aus einem Fenster winken gesehen und Deinen Namen rufen gehört. Hätten wir gewollt, dann..."

Sie machte eine kurze Pause: „...wer waren die zwei Frauen?" Moni fühlte sich in die Enge getrieben und sagte nach kurzer Überlegung: „Es waren Mo und...". Clarissa unterbrach Moni und vollendete den Satz: „...und Monika? Du willst mir einfach nicht die Wahrheit sagen, Schätzchen."

„Monika steht unter ständiger Beobachtung, seit sie zu Hause ist. Ich nehme an, sie sitzt und wartet am Telefon! Habe ich nicht Recht? Und wie Mo ausschaut, wissen wir auch. Es kann also unmöglich Mo und..."

Und in diesem Augenblick schellte das Telefon. Clarissa forderte Moni auf, an den Apparat zu gehen und den Hörer abzunehmen. Monika sprach in den Hörer: „Ja, bitte?"

„Ist Clarissa da? Hier Chiller! Bitte geben Sie ihr den Hörer!" Moni reicht den Hörer weiter und sagte zu Clarissa: „Für Sie!"

Clarissa hörte aufmerksam zu, was Chiller zu sagen hatte. Moni konnte leider nichts verstehen. Clarissa unterbrach den Anrufer mal mit: „Nicht zu glauben" oder „das ist aber ein Mist" oder „Kai ist wo?" Endlich legte sie den Hörer auf.

„Ja, Schätzchen, die Lage hat sich ein wenig verändert. Scheint so, als hattet Ihr einen Plan. Während sich alle Parteien Mühe gaben, über Euch an Kai Blauton heran zu kommen, hat dieser Kai alle Embryo-Kinder aus den Klauen des Geheimdienstes befreit. Und noch besser, er hat sie auch der Kirche entrissen."

„Wie ihm das gelungen ist? Nicht mal wir hatten in Erfahrung bringen können, wo sie diese armen Kerle versteckt hatten. Die Kinder, die bei uns lebten, sind auch verschwunden. Es wirkte so, als sei das Erscheinen der beiden Frauen, das Startsignal gewesen. Und nun sage mir, Schätzchen, wer sind die beiden Frauen?"

Als Moni den Mund öffnete, um etwas zu sagen, meinte Clarissa: „Nicht jetzt und nicht hier, Schätzchen! Du siehst sicher ein, dass wir dich mitnehmen müssen. Wir wollen alles erfahren, und Du scheinst der Schlüssel dafür zu sein."

Sie wandte sich an ihre Begleiter und zeigte auf Moni: „Einpacken, mitnehmen und ab. Aber schnell, wenn ich bitten darf."

Plötzlich schleuderte sie unbeherrscht die Tasse auf den Boden. Mit einem Knall zersprang sie in viele kleine Teile.

Dann geiferte sie los: „Verdammt, wir hätten diese Menschenzüchtungen doch sofort erschießen und unter die Erde bringen sollen. Solche Wesen haben nicht das Recht zu leben. Die sind nicht natürlich!"

„Aber der gute Herr Chiller wusste es natürlich besser! Mist, jetzt müssen wir wieder von vorne anfangen und alle einfangen. Alle zweiundzwanzig."

„Weißt Du, was das für mich bedeutet, Schätzchen? Ach, woher auch. Los nehmt sie endlich, damit wir von hier verschwinden können!"

Die Offenbarung

Mo und ich gingen verträumt die Straße entlang, als ich überraschend das Gefühl bekam, dass wir unbedingt Moni aufsuchen müssen. „Mo", begann ich das Gespräch, „wir müssen zu Moni. Ich muss unbedingt mit ihr über meine komplette Verwandlung reden. Ich will wissen, wie sie dazu steht!" Mo antwortete: „Ist gut, gehen wir!"

Wir änderten die Richtung und bewegten uns auf Monis Domizil zu. Plötzlich kamen von der Seite Peter und Karl auf uns zu. Karl meinte: „Ich habe erfasst, dass Ihr unsere Hilfe benötigt! Deshalb werden wir Euch begleiten, da wo Ihr hingeht!"

Mo und ich, wir schauten uns an, nickten uns zu und gingen weiter. Die beiden jungen Männer hielten sich an unserer Seite. Als das Haus von Moni in Sicht kam, sahen wir, wie drei Männer aus dem Haus stürmten und mit einem Auto davonfuhren. Kurz darauf sahen wir eine Frau und zwei Männer in das Haus eilen.

Ich wollte den Schritt beschleunigen, aber Karl hielt mich fest und meinte: „Nicht so schnell. Erst müssen wir etwas näher heran." Er zeigte uns eine Stelle am Haus, wo wir warten sollten.

Nach einer kurzen Weile öffnete sich die Haustür und diese Frau kam gefolgt von zwei Männern, die Moni in ihrer Mitte festhielten, aus dem Haus.

„Jetzt!", rief Karl. Peter sprang aus unserer Deckung und brachte einen Mann mit Hilfe seiner Willens- und Gedankenkraft zu Fall.

Moni konnte sich losreißen und lief in unsere Richtung. Die Frau holte eine Pistole aus ihrer Tasche hervor und zielte damit auf Moni.

Peter wandte seinen Blick der Frau zu und riss ihr mit seinen Fähigkeiten den Revolver aus der Hand.

Jetzt erblickte die Frau Peter und uns. Sie riss erschrocken die Augen auf und flüchtete. Dabei rief sie zu den Männern: „Lauft, gegen die kommen wir nicht an."

Moni hatte uns erreicht und sah schrecklich aus. Ich legte einen Arm um ihre Schulter und führte sie in das Haus zurück.

Karl blieb einen Moment vor dem Haus stehen, drehte sich um und sagte dann: „Hier wird nichts mehr geschehen. Wir können alle ins Haus!"

In der Wohnung machte sich Moni erst mal frisch und wechselte ihre Kleidung. Anschließend setzten wir uns an einen Tisch, und Karl erklärte seine Fähigkeit: „Ich kann aus den kleinsten Hinweisen die Zukunft vorhersehen. Ich wusste auch, dass Ihr zu uns kommt!"

Damit zeigte er auf Mo und mich. Jetzt sprach er mich direkt an: „Von Dir habe ich allerdings nichts vorhergesehen. Wer bist Du?" „Ich bin Yvonne!", antwortete ich.

Nachdenklich schaute er mich einen Moment lang an und sagte bald darauf: „Du bist keiner von uns! Du bist was Neues. Eine neue eigene Entwicklung und Produktion der Natur."

„Wie meinen Sie das?", fragte Mo nach.

Karl schaute mich noch durchdringender an: „Die Natur hat dir eine mächtige Waffe mit in deine Wiege gelegt. Du solltest lernen sie zu nutzen. Denn Du hast die Wahl, als welches Geschlecht Du leben willst. Du bist ein Gestaltenwandler. Der erste auf diesem Planeten." Nun blieb mir fast der Atem stehen und sagte: „Ich verstehe nicht?"

„Du hast die Kraft in Dir, zu bestimmen, ob Du als Mann oder als Frau leben willst. Es hängt ganz alleine von Dir ab!"

„Wie soll ich das machen?", fragte ich aufgeregt. Meine Frage ignorierend schaute er Peter an und sprach zu ihm: „Peter, wir können gehen. Hier droht keine Gefahr mehr!"

„Wo wollt ihr hin?", fragte Moni. Sie verstand nichts von dem, was Karl erklärte. „Wir wollen nach Boro, zur Insel der Wissenden. Die brauchen unsere Hilfe. Alle betroffene Kinder werden sich dort treffen. Euch wird niemand mehr belästigen." Peter stand vom Tisch auf und verließ mit Karl die Wohnung.

Wir schwiegen, als Moni zu reden anfing: „Also, fassen wir zusammen, was wir jetzt wissen. Yvonne wurde zwar im Planken-Institut geboren, wurde aber nicht durch Kindermann im Geschlecht verändert und ist somit als das geboren worden, wie es sein sollte."

„Aber den Rest habe ich nicht verstanden! Was meinte er mit Gestaltenwandler? Könnt ihr mich aufklären?"

♥

Moni schaute erst Mo und dann mich mit einem fragenden Blick an.

Jetzt fühlte ich, war ich an der Reihe zu erzählen. Nun musste ich es berichten. Eigentlich wollte ich damit warten, bis wir alle vier zusammen in einer entspannten Atmosphäre waren. Monika war ja nicht hier.

Mo schaute mich an und nickte aufmunternd, so als wollte sie damit sagen: Sage und zeige es ihr.

„Moni", begann ich vorsichtig, „ich bin jetzt… eine Frau!"

„Eine was?", rief Moni ungläubig. „Ja, Moni, ich bin jetzt eine richtige Frau", damit stand ich auf, raffte langsam den Rock hoch und zog den Slip darunter aus.

Hätten Moni nicht gesessen, ich glaube, in diesem Augenblick wäre sie zu Boden gegangen. Moni stierte auf meinen Intimbereich und konnte ihren Blick davon nicht lösen: „Wann ist das passiert?"

Sie streckte ihre Hand aus und berührte vorsichtig meinen Schambereich: „Wieso ist das passiert? Warum Du?"

Nun kam mir Mo zu Hilfe. Ich hatte sie noch nie so viel reden gehört. Sie hatte sich ein wenig verändert. Mo erzählte Moni alles über den Moment meiner kompletten Verwandlung zur Frau, und was wir bis zu unserem Eintreffen hier alles erlebt hatten.

Lange blieb Moni still und meinte dann: „Wir sollten uns mit Monika treffen. Ich rufe sie an! Wir treffen uns in Deiner Wohnung Mo, okay?" Moni eilte zum Telefon und rief Monika an. Ich zog mein Slip wieder an und lies den Rocksaum los.

Nachdem Telefonat brachen wir gemeinsam auf. Mo und Moni nahmen mich an die Hand. So ging ich in ihrer Mitte. Dann war es geschafft. Monika war schon in Mos Wohnung und begrüßte uns.

Wir setzten uns auf den Teppich und schmiegten uns aneinander. Monika bekam die letzten Neuigkeiten zu hören

Mit ernstem Gesicht hörte sie zu. Dann saßen wir eine Zeitlang still im Zimmer, als Monika dann endlich fragte: „Gestaltenwandler? Was hat das zu bedeuten?" Moni sagte: „Ich hätte es erkennen müssen. Als die Brüste immer größer wurden, das war eindeutig ein Indiz."

„Aber heißt Gestaltenwandler nicht, dass Yvonne sich wieder in einen Mann verwandeln kann?", fragte Mo. Moni schaute mich an und sagte: „Ich weiß es nicht!" „Ich auch nicht", beteuerte ich. „Mist!", sagte Monika, „aber wir bleiben doch zusammen, oder?"

„Natürlich bleiben wir zusammen. Wir sind eine Familie und müssen uns gemeinsam auf diese Situation einstellen und damit umgehen", erwiderte Moni.

„Hurra", sagte Monika, „jetzt sind wir eine reine Frauen-WG. Wenn ich recht bedenke, finde ich es gar nicht so übel."

♥

Moni meldete mich am nächsten Tag bei meinem Arbeitgeber erst mal arbeitsunfähig. Denn so wie ich jetzt war, konnte ich natürlich dort nicht mehr erscheinen.

Tagsüber musste ich mich alleine mit mir beschäftigen, während die anderen ihrer Arbeit nachgingen.

Ich versuchte wirklich alles in dieser Zeit, wieder ein Mann zu werden. Aber es gelang mir einfach nicht.

Warum konnte ich das nicht? Ich war und blieb eine bildhübsche attraktive Frau, die auch in einem Männermagazin ihren Platz finden konnte.

Erstaunt nahm ich zur Kenntnis, dass sich mein Weltbild in dieser Zeit änderte. Als Mann fühlte ich mich manchmal von dem Anblick einer Frau angezogen: „Die möchte ich gerne kennenlernen! Die hat eine tolle Figur!" Jetzt als Frau hatte ich andere Gedanken: „Das ist aber ein schönes Kleid! Wo die das wohl herhat?", oder, „Was sie anhat, sieht aber unvorteilhaft aus."

Am späten Nachmittag, wenn meine Geliebten nach getaner Arbeit nach Hause kamen, machten wir es uns gemütlich. Nach dem gemeinsamen Duschen gingen wir zu Bett und schlüpften unter die Decke.

Wir kuschelten, drückten unsere Körper aneinander und liebkosten uns. Immer wieder wurde behutsam meine Vagina berührt. Aber an Sex dachte keine. Es war, als hätte jemand ein Verbot ausgesprochen. Irgendetwas fehlte.

An einem der folgenden Wochenenden ging ich mit Monika und Moni auf Shoppingtour. Mo hatte dafür kein Interesse und kümmerte sich lieber um die Wohnung. Wir stöberten in der Dessous-Abteilung und kauften für mich schöne und reizvolle Unterwäsche.

Monika forderte mich auf, BHs anzuprobieren, und begutachtete den Sitz dieser Teile mit geübtem Blick. Moni fand immer schnell den passenden Slip und manchmal einen Strumpfhalter dazu.

Monika schleppte uns danach in die Strumpfabteilung und suchte modische Strumpfhosen, Nylons und Söckchen für uns aus.

Dann entdeckte Monika neue Sommerkleider und probierte sie der Reihe nach an. Moni forderte mich auf, es ebenfalls zu tun. Wir machten eine kleine Modenschau, bei der Moni bestimmte, was gut aussah. So fanden wir Blusen, Röcke und Kleider nicht nur für mich.

In der Schuhabteilung suchte uns Monika ein paar Pumps aus, die wir nach einer Anprobe einpacken ließen. Auf dem Weg zur Kasse entdeckte ich schwarze Sandaletten mit ein wenig Absatz, die ich sofort anprobieren musste. Moni und Monika waren begeistert, wie gut diese Sandalen an meinen Füßen aussahen und meinen Beinen den letzten Pepp gaben. Monika meinte, dass es jedoch noch eine Steigerung von schön gäbe und schleifte mich direkt zu einem Nagelstudio. Für Sie musste immer alles perfekt aussehen. Sogar den Nagellack für die Fußnägel suchte sie aus.

Zum Ende des Einkaufsbummels erstanden Moni und Monika einige Schmuckstücke und schenkten sie mir. Ich hatte einen riesigen Spaß und fühlte mich richtig wohl. Fast so frei wie damals an Weiberfastnacht.

Auf dieser Tour kamen wir uns wieder näher, das war das schönste und wichtigste an diesem Tag. Wir alberten, scherzten und lachten. Das Einkaufen war sehr kurzweilig und die Zeit flog nur so dahin. Es gab ja so viele schöne Sachen. So ein Einkauf war allerdings sehr kostspielig. Monika wischte meine Bedenken mit einer Hand weg und bezahlte alles.

Als wir voll bepackt mit Einkaufstüten in der Wohnung zurückkamen, waren wir in ausgelassener Stimmung.

Mo steckte sich sofort damit an und schien darüber sehr erleichtert zu sein. Ausgiebig führten wir ihr die eingekauften Sachen der Reihe nach vor. Wir mussten Monika natürlich glaubhaft versichern, dass sie die Allerschönste ist und ihr die Dinge am besten standen.

Nicht einen Augenblick dachte ich an mein Leben als Mann. Mir kam stattdessen eine Lust auf eine heiße Badewanne mit schöner Musik und Champagner in den Sinn. Alle waren von diesen Gedanken ganz angetan.

Genau das machten wir dann. Unsere Badewanne war so riesig, dass wir alle vier gemeinsam Platz darin fanden. Mit Kerzenlicht, einschmeichelnder Musik und einem Glas Sekt in der Hand alberten und neckten wir uns wechselseitig.

Es dauerte nicht lange, da lief die Feuchtigkeit an den Glasflächen im Bad herunter. Alles war beschlagen. In diesem Augenblick gab es nur diesen Raum und uns. Nichts sonst! Wir waren eine Einheit, verbunden für immer.

Der Sekt stieg uns langsam zu Kopf und der Whirlpool verwöhnte unsere nackten Körper mit langsam aufsteigenden Luftbläschen. Das hatte auf jede eine leicht erotisierende Wirkung. Prickelnder ist nur ein Bad in echtem Champagner meinte Monika mal zwischendurch.

Wie alles Schöne neigte sich auch das Bad dem Ende zu. Das Wasser wurde kalt und wir wechselten nach dem Abtrocknen den Raum. Wir nahmen Körperöle und

Handtücher mit. In unserem Schlafgemach ölten wir unsere Körper ein. Und kurz darauf lag ein betörender Duft in der Luft.

Oh, wie wir das genossen, von so vielen Händen massiert zu werden. Es war nicht lange auszuhalten und endlich brach der Damm.

Wir küssten, streichelten, befingerten und liebten uns! So intensiv wie noch nie zuvor!

„Ihr Lieben, wie hat mir das gefehlt!", sagte irgendwann Monika zwischendurch. „Ich habe es auch vermisst!", flüsterte Mo. „Oh, ja!", stellte Moni fest, „ja, mach genau das nochmal". Für mich war es einfach nur Klasse. Ich schwebte auf einer Wolke und wollte nie wieder heruntersteigen.

Und dann, ja dann kam der Höhepunkt! Den kann ich gar nicht richtig beschreiben! Mir fehlen die Worte für dieses unglaublich intensive und schöne Erlebnis!

Zärtlich gingen wir danach miteinander um. Ah, hatte das gutgetan. Aller Ballast war jetzt verschwunden. Jede verarbeitete diese innige Liebe auf ihre Art und jede hatte ein zufriedenes und glückliches Lächeln im Gesicht.

„Es war anders, aber, hach war das toll! Können wir das nochmal wiederholen?", eröffnete Monika und unterbrach damit die Stille, „Ich meine, was ich sagen wollte, meint ihr nicht auch, eh, ER hat gefehlt? Ein winziges bisschen vermisse ich ihn schon!".

Obwohl unsere Liebe mich sehr entspannt hatte, wurde ich bei diesen Worten traurig. Die Wirklichkeit holte mich nun doch von der Wolke. Wie konnte ich nur wieder ein Mann werden?

Mo nahm mich als erste in ihre Arme, dann kamen die beiden anderen dazu. „Sei doch nicht traurig!"

„Ich habe es doch nicht böse gemeint!", sagte Monika nun ziemlich geknickt. Moni schaute sie an: „Wie kannst du das in so einem Moment nur sagen?" „Nein, Monika hat ja recht", erwiderte ich, „aber ich weiß doch nicht, wie ich wieder ein Mann werden kann!"

Moni küsste mich und sagte dann zu mir: „Yvonne, übe auf Dich keinen Druck aus. Es kommt alles, wie es kommen muss. Wir lieben uns und wir lieben Dich, egal ob Mann oder Frau. Wir machen da was super Tolles daraus, versprochen." Mo und Monika stimmten ein: „Versprochen!"

So lebten wir die weiteren Wochen und wurden immer glücklicher. Wir hatten endgültig die Realität akzeptiert. Und ich fühlte mich als Frau einfach wohl und zufrieden.

Aber immer, wenn wir Sex hatten, wurde es uns deutlich, ER fehlte! Es sollte noch lange dauern, bis wir auch das nicht mehr so wichtig fanden. Ich hatte meinen Spaß am Shopping gefunden und war oft mit Monika unterwegs.

Und dann gingen wir endlich unsere Pizza essen. Wir vier gemeinsam. Es war ein lauer Spätsommer Abend. Das gemeinsame Essen brachte endgültig die Ausgelassenheit früherer Tage zurück.

Wir waren ein super Team. Vier Schönheiten gegen den Rest der Welt!

Nach der Pizza wollte Monika noch ein Eis essen gehen und so gingen wir zur Eisdiele. Wir zogen die Blicke der Männer auf uns, und ich fühlte mich wohl dabei.

Von dem Abend an ging alles locker von der Hand. Es gab kein Problem, das wir nicht lösten.

Mo kaufte sich ein Motorrad. Moni wurde Geschäftsführerin. Monika und ich brauchten nicht zu arbeiten.

Wir kümmerten, das heißt, ich kümmerte mich um den Haushalt, während Monika mich über die neuste Mode informierte.

Denn ich liebte Schmuck, die Strumpfmode, Kleider, Röcke und Schuhe. Langsam fing ich an zu vergessen, wie es war, ein Mann zu sein. Es war schön, spannend und so anders, die Welt als Frau zu erleben.

Monika kam zu mir und erzählte von besonders außergewöhnlich schönen Schuhen. Die musste ich unbedingt sofort persönlich in Augenschein nehmen. Ich nahm Monika an die Hand und wir eilten locker und beschwingt zum Schuhladen.

Gerade als wir den Laden betreten wollten, bremste ein Auto, mit quietschenden Reifen, neben uns. Diese Clarissa sprang aus dem Wagen und lief auf uns zu.

Sie baute ihren Körper vor mir auf, stellte sich breitbeinig hin, zog eine Pistole aus der Tasche und richtete sie, mit beiden Händen haltend, auf mich.

Sie fauchte: „So eine Missgeburt, wie Du eine bist, darf nicht weiterleben. Ich muss Dich töten! Du bist eine Fehlgeburt der Natur! Du hast kein Recht zu leben. Tut mir leid, Schätzchen!"

Ich sah, wie sich ihr Zeigefinger am Abzug bewegte. Ich sah, wie die Kugel aus dem Lauf kam. Ich sah, wie mir das Geschoss entgegenflog, und ich schrie...

Die Wahrheit

„Yvonne, Yvonne", hörte ich erst ganz leise, dann immer lauter, „Yvonne!"

„Gott sei Dank, ich habe dieses Attentat überlebt!", war mein erster Gedanke, und ich öffnete meine Augen. Moni hatte sich über mich gebeugt und schaute mich verliebt und besorgt zugleich an. „Warum hast du so geschrien?", fragte sie mich.

„Sie wollte mich doch erschießen!", erwiderte ich. Mo und Monika waren nun auch endgültig wach und blickten mich verständnislos an. Moni fragte: „Wer wollte Dich erschießen?" „Clarissa!", antwortete ich. „Unsere Nachbarin?", fragte Mo.

„Hattest Du was mit der? Ich habe schon registriert, dass sie Dich immer so verführerisch anschaut! Ich dreh ihr den Hals um!", gab Monika eifersüchtig von sich. Plötzlich bemerkte ich einen komischen Drang zwischen meine Beine. Ich hob die Bettdecke an, schaute darunter und schrie...

„Er ist wieder da! Ich bin wieder ein Mann!" „Na, na", meinte Moni, „Nu übertreibe aber nicht. So eine Morgenlatte ist noch kein Beweis, dass Du ein Mann bist!"

Mit einem Schwung sprang ich aus dem Bett, spurtete zu einem Standspiegel und schaute mir meinen nackten Körper an.

Ich war wieder da. Ich hatte es geschafft, mich zurück zu verwandeln? Die drei waren mir gefolgt, und Mo tippte mit ihrem Zeigefinger an ihre Schläfe. „Der ist aber durcheinander", sagte Monika. Langsam dämmerte es mir!

Es war alles nur ein Traum! Ich hatte keine eigenen Brüste und war nie eine Frau. Ich bin kein Gestaltenwandler. Aber der Traum war so echt! So echt, ich konnte jetzt noch das Schwingen der Brüste spüren.

Mir fiel ein ganz dicker Steinbrocken vom Herzen. Ich bekam einen Lachanfall, so stark, dass die Mädels in das Lachen einstiegen. Gutgelaunt begaben wir uns in die Küche, machten uns was zu essen und zu trinken. Wir setzten uns an den Küchentisch.

Dann fing ich an, ausführlich von meinem Traum zu erzählen. Die drei waren durch meine Worte gefangen und hörten aufmerksam zu. Ich ließ kein Detail aus.

Als ich an die Stelle in meiner Erzählung ankam, an der Mo mir den Frauenkörper näherbrachte, strahlte Mo mich mit ihren Augen an. Sie war stolz, dass ich sie für dieses geträumte Liebeserlebnis auserwählt hatte.

Monika sah sehr nachdenklich aus und erklärte: „Mein Lieber, Du hast nicht Deine Vagina untersucht, sondern meine!" Dann fing sie an zu lächeln: „Es war sehr schön! Und ich habe Dich gestreichelt und geküsst! Und…"

An dieser Stelle übernahm Moni das Wort: „Von Monikas schwerem Atem und ihren Lustschreien bin ich wach geworden und habe Dich auch gestreichelt und geküsst!"

Mo konnte auch was dazu beitragen: „Du wolltest mich auch streicheln, ich wollte das aber nicht und hatte Deine Hand beiseitegelegt und gesagt: ‚Yvonne… nicht heute.' Aber Du gabst keine Ruhe, und so habe ich Deine Brust geküsst und wir haben ausgiebig geknutscht."

„Ja", übernahm Monika wieder das Reden und strahlte, „und dann küsste mich Moni…, und Du machtest mich mit Deinen Händen sehr glücklich!"

Nun machte ich ein betretenes Gesicht. „So war das also", überlegte ich, „und ich bin nicht wachgeworden? Das so etwas möglich ist, hätte ich nicht gedacht."

Dann musste ich erneut lachen: „Schade, da habe ich ja was Schönes verschlafen", und nachdenklich fragte ich nach: „Ihr seid doch damit einverstanden, wenn ich ein Mann bleibe?"

Mo sagte: „Hm, ehrlich, die Erfahrung, Du als Frau und ich, das hätte ich schon gerne erlebt!"

„Ne, ne, Du musst so bleiben, wie Du bist!", warf Monika schnell in die Runde.

„Der Traum war für Dich sehr intensiv, was?", fragte Moni. „Wie hast Du Dich als Frau gefühlt?" „Es war einfach nur…, wie soll ich sagen, anders, berauschend und ich habe mich sehr wohl gefühlt!", sagte ich, „aber trotzdem…, so als Mann, das ist mir lieber. Wenngleich ich zugeben muss…, es könnte sein…, ein wenig werde ich wohl die eigenen Brüste, die Kleider und das Gehen auf Pumps vermissen."

In diesem Augenblick erspähte ich dieses Fachmagazin, das Moni immer von ihrer Mutter mitgebracht hatte. Ich erinnerte mich, dass Moni uns von einer Gruppe von

Wissenschaftlern berichtete, die sich die Wissenden nannten. Die hatten eine Insel namens Boro gekauft und wollten dort Experimente durchführen.

Und dann wurde mir noch einiges Andere bewusst. Dr. Kindermann war mein Zahnarzt, vor dem ich großen Respekt hatte.

Alex war ein Arbeitskollege von Moni, und den mochte ich nicht wirklich. Ach ja, Träume sind mitunter gefüllt mit Dingen aus der Realität.

Was mir der Traum gebracht hatte, war ein neues Verständnis eines Frauenkörpers. Ich nahm mir in diesem Moment vor, das mit meinen Freundinnen demnächst intensiver zu beleuchten.

Ich fragte sie, ob sie irgendwann einmal bereit wären, diese – natürlich nur rein wissenschaftlichen – Untersuchungen und Experimente mit mir gemeinsam durchzuführen, während ich nicht schlief.

Monika sagte: „Wenn, dann müssen wir das sofort tun, sonst hast Du alles vergessen!"

Damit waren wir alle einverstanden. Wir liefen zum Schlafzimmer und sprangen gut gelaunt ins riesige Bett.

Ich nahm Mos Füße und küsste sie. Mo fing an zu kichern und meinte: „Das ist nicht gerade zum Antörnen."

Moni und Monika probierte es auch aneinander aus. Moni reagierte sehr sensibel darauf, während Monika einen Lachanfall bekam und fröhlich rief: „Huch, das kitzelt aber!"

Ich machte weiter und ließ meine Lippen an Mos Beinen hinaufklettern. Hier zeigte sie ab der Fußfessel ein genießerisches Gesicht. Bei Moni und Monika war es ähnlich. Auch ich empfand es als erregend.

So spielten wir die ganze Palette aus meinem Traumerlebnis durch. Eigentlich muss ich gestehen, dass ich nicht Wissenschaftler genug war. Denn schon bald hatte ich jede Kontrolle über die Experimente und die Untersuchungen verloren.

Monika meinte irgendwann zwischendurch: „Prima, dass Du diesen Traum hattest, es ist ja sooo schön. Ups, mach das noch ma… Ja, ja… jaaa!"

Und wie ein Echo rief Mo: „Ja, ja… jaaa!", während Moni seufzte: „Oh, ist das herrlich!", und mir ein „Küss mich da nochmal… bitte" entwich.

Ich weiß jetzt eines: Auch in der Realität war das Küssen mit das Aufregendste.

Aber das Allerallerbeste war, dass wir am Ende fast gleichzeitig und gemeinsam unsere Gefühle hinausschrien!

Es ist doch nichts schöner, als die Wirklichkeit. Das war ein Erlebnis fürs Leben. Ich meine, so was vergisst niemand mehr! Es war einfach nur klasse und schweißte uns enger zusammen als alles andere.

Nun kam mir ein Satz in den Sinn, der passender nicht sein konnte. ‚Träume nicht dein Leben, sondern lebe deinen Traum!'

Mein Traum hat mir, hat uns Gutes gebracht. Wir entdeckten zusammen unsere Körper neu. Ich wusste gar nicht, wie empfänglich ich für Streicheleien, Knabbern, vorsichtige Bisse, Zungenküsse und so weiter war und bin.

…und dieses Hinausschreien der Gefühle und danach diese glücklichen, entspannten, vor Aufregung geröteten und zufriedenen Gesichter, es gibt nichts Vergleichbares!

Und ich war verdammt froh, dass alles wieder – oder besser – immer noch alles beim Alten war. Wir tobten, lachten, waren albern, waren fröhlich und vergnügt. Und die nächsten Wochen vergingen wie im Fluge.

Einmal brachte ich meinen Traum doch noch mal in Erinnerung. „Ihr Lieben, das mit dem Eis essen gehen und ich als Frau verkleidet, das sollten wir nur Weiberfastnacht machen. So als Tag des Kennenlernens."

„Au ja, oder Hochzeitstag! He, was guckt Ihr so? Sind wir nicht so gut wie verheiratet?", äußerte sich Monika in guter Stimmung.

Eine eigene Wohnung

Und dann war es so weit. Moni teilte uns mit, dass wir nun genug an Gespartem hätten, um uns eine gemeinsame Wohnung zu suchen. Das war ein spannendes Abenteuer. Wir waren mit ganzem Herzen dabei, studierten die Anzeigen in der Zeitung und schauten uns einige Wohnungen an. Bis wir die richtige fanden.

Eine Wohnung, in der wir alle ein eigenes Zimmer hatten. An Räumlichkeiten gab es einen großen gemeinsamen Schlafraum und ein großes Wohnzimmer. Die große Gemeinschaftsküche mit Platz für einen Tisch und Stühle war speziell für Moni eine Besonderheit, denn sie kochte sehr gerne. Hier konnte sie ihre vielen Kräuter unterbringen.

Es gab weiter ein gemütliches Bad mit Dusche und einer übergroßen Badewanne, zwei Toiletten, Balkon, Keller und Garage.

Das eigene Zimmer konnten wir uns individuell einrichten. Mit einem Bett, Schreibtisch, Regal und was sonst da rein sollte. Hier konnten wir uns auch mal zurückziehen und jede für sich alleine sein. Moni meinte, dass sei ganz wichtig.

Nun konnten wir endlich zusammenziehen! Mo, Moni und ich brachten den Einzug zügig über die Bühne. Monika half, wo sie nur konnte. Ich hatte mir ein Zimmer ausgesucht und richtete es mit meinen persönlichen Sachen ein. Monikas zukünftiges Zimmer musste erst mal leer bleiben.

Denn leider gab es da ein Problem. Monikas Eltern waren nicht damit einverstanden, dass ihre Tochter ausziehen wollte. Monikas Eltern waren sehr reich, und Monika war an den Luxus, den ihre Eltern ihr boten, gewöhnt.

Als sie von ihren Eltern hörte, dass sie keinerlei finanzielle Unterstützung mehr erhalten würde, wenn sie gegen ihren Willen ausziehen würde, fragte sie uns, was sie machen sollte. Ihr sehnlichster Wunsch war es doch, mit uns zusammen zu wohnen, aber sie wollte auch auf so wenig verzichten, wie es ging.

Wir überlegten lange, wie wir das hinbekommen konnten, dass Monika doch mit uns zusammenziehen konnte. Moni kam dann auf eine Idee.

Moni begleitete Monika zu ihren Eltern, stellte sich brav vor und erzählte ihnen, dass Monika nur in eine reine Frauen-WG ziehen wollte. Sie diskutierten lange, aber schließlich gelang es Moni, Monikas Eltern zu überzeugen. Allerdings wollten die Eltern die Wohnung und alle Mitbewohnerinnen sehen und kennenlernen.

Als uns Moni und Monika davon berichteten, waren wir im ersten Augenblick happy. Doch nach einer Weile der Freude wurde uns bewusst, dass wir jetzt ein anderes Problem hatten. Ich war ein Mann. Und die Eltern waren bestimmt nicht damit einverstanden, dass ich hier mitwohnen sollte.

Und wieder überlegten wir lange. Klar war, dass ich auf jeden Fall mit einziehen würde. Dann kam erneut Moni auf eine Idee.

„Erinnert Ihr Euch noch an Yvonnes Traum und an Weiberfastnacht? An dem Tag sind wir uns das erste Mal nähergekommen und wir waren alle als Frauen unterwegs." Damit schaute sie mich direkt an. „Du sahst damals perfekt aus. Die Jungen waren verrückt nach Dir", lachte sie.

„Ja", meinte Monika. „Stimmt! Ich war sogar ein wenig eifersüchtig, dass sie sich mehr für Dich interessierten als für mich", und lachte bei diesen Worten ebenfalls.

Mo schaute mich etwas verlegen an und sagte mit vorsichtiger Stimme: „Ich sagte schon: ‚An dem Tag habe ich mich in die Frau verliebt, die Du warst!'"

Jetzt schauten mich alle sehr lieb an, und Moni fragte mich, wie immer direkt: „Würdest Du das noch mal machen?" Monika meinte: „Für mich! Für uns!", und Mo flüsterte so, dass sie kaum zu verstehen war: „Und für mich!"

Ich überlegte sehr lange und sagte: „Besser nicht, mir steckt noch mein Traum in den Knochen, und es würde das Grundproblem nicht lösen. In Nylons, Rock und Pumps in der Wohnung herum zu laufen macht Spaß, und ich mache es gerne und auch für Dich, Mo. Aber ich gebe mich nicht als Frau aus.

Ich habe Euch alle sehr gerne und bin in jede von Euch verliebt, aber das mache ich nicht!" Dann schaute ich Mo direkt an und fragte, „Mo, kommst Du damit zurecht?" Da fingen Mos Augen an zu leuchten und sie sagte, „Ja, weil ich Dich auch so lieben kann."

Moni sagte: „Dass Du so entscheidest, habe ich gewusst." Sie schaute mich noch mal genau an und taxierte meine komplette Erscheinung. „Aber Du würdest prima als Frau durchgehen." Bei diesen Worten schmunzelte Moni ein wenig.

Nun überlegten wir, welche Möglichkeiten wir noch hatten. Die Zeit drängte, da Monikas Eltern bald alles in Augenschein nehmen wollten. Dummerweise hatten Moni und Monika von einer Vier-Frauen-WG gesprochen. Die wollten sie nun unbedingt kennenlernen.

Am nächsten Tag kam Moni in Begleitung ihrer Mutter zu unserem Treff in die Wohnung. Wir machten es uns in unserem großen Wohnzimmer gemütlich und keiner sagte zunächst ein Wort.

Monis Mutter schaute uns lange der Reihe nach an und sagte schließlich: „Für die Zukunft ist es das Sicherste, Ihr schenkt Monikas Eltern reinen Wein ein. Ihr lasst sie kommen und stellt sie vor Tatsachen. Dann werdet Ihr ja sehen, wie sie reagieren."

Moni trank ein Schluck Tee aus ihrer Tasse und sagte anschließend: „Meine Mutter hat recht! Wir sollten unsere WG nicht mit einem Schwindel beginnen. Wir laden Monikas Eltern zum Essen ein. Meine Mutter hilft uns bestimmt dabei. Dann werden wir sehen, wie sie auf einen männlichen Mitbewohner reagieren. Einverstanden?"

Irgendwie war ich erleichtert: „Einverstanden!", gab ich von mir. Mo und Monika sagten fast gleichzeitig: „Einverstanden!" Und so machten wir das. Monis Mutter war über unsere Entscheidung sichtlich froh und zufrieden. Sie sagte uns ihre Hilfe sofort zu.

Wir suchten uns gemeinsam unsere restlichen Möbel aus und kauften sie. Es dauerte gar nicht lange, da war die komplette Wohnung – außer Monikas Zimmer – möbliert.

♥

An einem Freitagabend erschien Monika mit ihren Eltern. Moni und ihre Mutter hatten ein tolles Menü gezaubert, während Mo und ich den Tisch herrichteten. Monikas Mutter wollte natürlich erst einmal die Wohnung besichtigen.

Ich konnte beobachten, dass sie mit ihren Fingern mal über einen Schrank, dann über ein Sideboard und andere Einrichtungsgegenstände fuhr und danach immer ihre Fingerkuppen anschaute. Sie nickte jedes Mal und schien sich dabei ein wenig zu ärgern. Zwischendurch äußerte sie: „Sieht ja alles recht ordentlich aus!"

„Welches Zimmer soll denn meine Tochter bekommen?", fragte sie.

Monika sagte: „Komm, ich zeige es Dir", und ging voran. Dann nach einem kurzen Augenblick war ein Ruf zu hören: „Erwin komm mal bitte!"

„Was soll das riesige Bett in diesem Raum?" fragte Monikas Mutter und stieß ihren Mann mit dem Ellenbogen an, als sie unser gemeinsames Schlafzimmer begutachtete.

In diesem Raum stand unter anderem ein zwei Meter fünfzig breites Bett, das Mo und ich konstruiert und gebaut hatten.

Auf diesem Bett fanden Monis Plüschtiere reichlich Platz.

Monikas Mutter schaute misstrauisch auf diesen Schlaf- und Liegeplatz: „Soll das für Besuch sein? So was braucht kein normaler Mensch! Naja, ihr müsst ja wissen, was ihr damit vorhabt. Nur fürchte ich, nichts Gutes, und das kann ich nicht gutheißen."

Und in der Küche meinte sie: „Hier fehlt aber allerhand! Wie soll hier vernünftig gekocht werden? Hier muss ein Plan her, wann wer die Küche benutzen kann! Monika, ist unsere Küche nicht viel praktischer und geräumiger? Schau Dir nur diese alten Töpfe an!" Mit diesen Worten ging sie ins Wohnzimmer zurück.

Bald darauf setzten wir uns alle an den Tisch und redeten belangloses Zeug.

Das Essen war hervorragend, und selbst Monikas Mutter ließ ein paar Komplimente darüber fallen.

„Und Sie sind die Mutter von einer hier?", wollte sie wissen. „Ja, von dieser da", sagte sie lächelnd und zeigte dabei auf Moni.

Monikas Vater hingegen wollte unbedingt wissen, was wir denn so Berufliches machen: „Woher kennt ihr Euch? Und wie lange kennt ihr Euch schon?"

Monika erklärte: „Wir Mädels kennen uns schon seit der fünften Schulklasse und sind seit dieser Zeit immer zusammen. Er", damit zeigte sie mit ihrem Finger auf mich, „kam in der siebten Klasse dazu. Wir sind seitdem sehr gute Freunde!"

Monikas Mutter fragte: „Und warum hast Du uns, Deine Freunde nicht eher vorgestellt? Du hättest sie ja mal mit nach Hause bringen können!"

Der Vater fragte: „Und ihr wollt eine Wohngemeinschaft machen? Warum? Monika, Du kommst mit einer eigenen schnuckeligen Wohnung bestimmt besser zurecht. In Deinen eigenen vier Wände, da kannst Du machen, was Du willst. Also erkläre mir, warum Du mit diesen Leuten zusammenwohnen willst!"

Es fiel keine Bemerkung darüber, dass ein Mann mit in die WG ziehen sollte, und Monika antwortete: „Wir kennen uns schon so lange, wissen viel voneinander, haben gemeinsam viel erlebt und mögen uns. Bitte, ich möchte hier einziehen!"

„Ob Du hier einziehen und wohnen kannst, bestimmen Dein Vater und ich, mein liebes Kind", rief Monikas Mutter dazwischen.

Monikas Vater wedelte mit einer Hand in Richtung seiner Frau und sagte: „Lass gut sein, ich weiß, was ich wissen muss."

Damit war der Abend vorüber, und Monikas Eltern standen vom Tisch auf und verabschiedeten sich von uns.

„Monika Kind, kommst Du?", rief ihre Mutter. Monika schaute uns fragend an, stand auf und verließ mit ihren Eltern die Wohnung.

♥

Nun wussten wir gar nichts. Klappt es oder klappt es nicht? Monis Mutter sagte: „Ich drücke Euch die Daumen!"

Gemeinsam räumten wir die Wohnung auf und machten es uns gemütlich. Es lag eine Spannung in der Luft, die kaum auszuhalten war. Voller Ungeduld warteten wir auf Monikas Rückkehr.

Doch an diesem Abend kam sie nicht mehr und auch am nächsten Tag kam sie nicht und meldete sich nicht. Wir befürchteten das Schlimmste. Ohne Monika war es komisch. Sie fehlte bei allem.

Monis Mutter rief uns mehrmals an und erkundigte sich: „Und, was Neues? Nein? Schade!" So oder ähnlich verliefen die Gespräche. Was sollten wir machen, wenn Monikas Eltern nicht zustimmten? Oder gar den Umgang mit uns verboten?

Am Abend – wir saßen alle im Wohnzimmer – hörten wir den Schlüssel in der Wohnungstür. Das konnte nur eines bedeuten: Es war Monika!

Sie kam hereingestürmt wie ein Tornado und rief: „He Ihr Lieben, ich bin wieder da! Und stellt Euch vor, ich bin jetzt Boutique-Besitzerin."

„Eine Bekannte von meinem Vater besitzt eine Boutique und hat Geldschwierigkeiten. Da hat mein Vater ihr die Hälfte des Ladens abgekauft und mir geschenkt. Dadurch bin ich jetzt Teilhaberin! Ist das nicht super?

Was sagt Ihr dazu? Hey, was macht Ihr für Gesichter? Gefällt Euch das nicht?"

Sie plapperte und plapperte, doch wir wollten endlich das wichtigste wissen. „Hol mal Luft", unterbrach Moni den Redeschwall, „ziehst Du jetzt hier ein oder nicht?"

Nun war es an Monika, erstaunt dreinzuschauen: „Aber ja, Liebes. Aber ja!" Damit griff sie in eine der Einkaufstaschen, die sie in der Hand hielt, holte eine Sektflasche daraus hervor und wedelte damit herum: „Das müssen wir doch feiern oder nicht?"

Und ob wir das feierten. Endlich, endlich erfüllte sich unser Traum! An diesem Abend gingen wir gemeinsam unter die Dusche und dann ins Schlafzimmer, in das große Bett. Es war eine berauschende Nacht und es sollten noch viele davon folgen.

Moni bekam im Laufe der folgenden Jahre drei Kinder, zwei Mädchen und einen Jungen, und ich war der Vater.

Denn, ich bin ‚Kai Yvonne Blauton`.

Monika hatte zwar Spaß am Sex, aber sie musste natürlich immer auf ihre Figur achten. Deshalb war für sie Verhütung ein wichtiges Thema.

Monika übernahm die Boutique ganz und war sehr zufrieden damit. Manchmal, wenn sie besonders schöne Kleidung in ihrem Laden hatte, brachte sie die mit, und wir machten unsere eigene Modenschau! Mo war dabei unser Publikum.

Mo hatte auch ihre Freude am Liebesakt, hatte aber für Frauenleiden, die während einer Schwangerschaft auftraten, nichts übrig und wollte daher keine eigenen Kinder.

Aber sie war diejenige von uns, die während Monis Schwangerschaften am meisten vor, während und unmittelbar nach den Geburten zu leiden hatte.

Mo hatte mit Moni eine eigene Reparaturwerkstatt aufgebaut. Sie kümmerte sich nur um die Reparaturen, während Moni alles andere erledigte. Beide hatten ihre Freude daran.

Ich kümmerte mich vorwiegend um den Haushalt, die Kinder, und was sonst so anfiel und ich liebte das Leben und vor allem Weiberfastnacht!

Die Vorbereitung für diesen Tag war für mich allerdings ein wenig strapaziös.

Damit die Nylonstrümpfe an meinen Beinen wirkten, bestanden Mo, Moni und Monika darauf, mir die Beinhaare zu entfernen.

Sie suchten die Kleidung und die Schuhe aus, die ich anziehen sollte. Ihr Ehrgeiz, besonders Monikas, war dabei sehr groß. Sie wollten unbedingt erreichen, dass ich als Frau verführerisch aussah. Was mich manchmal in unangenehme Situationen brachte, da ich in so einem Outfit unweigerlich die Aufmerksamkeit der Männer auf mich lenkte.

Anschließend bekam ich die ganze Prozedur der Kosmetik. Es erinnerte mich an meine erste Weiberfastnacht als Frau, an meine Mutter und an meine Schwestern. Mit dem Unterschied, dass es mir nun richtig Spaß machte.

Dann zogen wir los und stürzten uns in den Karneval!

Vier Frauen gegen den Rest der Welt!

Natürlich gingen wir an diesem Tag immer eine Pizza essen! Mit den Jahren waren wir überall als die vier Blondinen bekannt und beliebt. Dass ich ein verkleideter Mann war, blieb unser Geheimnis.

Für Mo war dieser Tag ein ganz besonderer Tag. Wie bei einem Ritual fragte sie mich immer, ob ich noch ihren Ring hätte, den sie mir damals auf dem Schulhof gegeben hatte. Sie strahlte mit ihrem ganzen Gesicht, wenn ich ihr diesen Ring zeigte. Denn ich trug den Ring stets an einer Lederschnur um meinen Hals.

Moni und Monika akzeptierten, dass ich an Weiberfastnacht fast nur Mo gehörte. So glücklich wie Mo an diesen Tagen war, das wollten und würden wir ihr nie nehmen.

Einmal dachte ich an meinen Traum und mein Frauendasein. Ein wenig bedauerte ich in dem Augenblick, dass ich für Mo keine wirkliche Frau sein konnte. Sie wäre dann bestimmt noch glücklicher gewesen.

Als ich ihr irgendwann einmal von diesen Gedanken erzählte, erhellte sich ihr Gesicht und sie meinte mit einem Lächeln: „Du bist so süß! Aber ehrlich, gibt es eine Steigerung von glücklich? Ich glaube nicht! So wie es ist, ist es richtig!"

So leben wir bis heute. Eine große harmonische Familie mit drei Kindern, zweieinhalb Müttern und anderthalb Vätern.

♥

Später haben wir auch noch Monis Mutter bei uns aufgenommen und sind in ein Haus umgezogen. Dank Monis Finanzpolitik war das überhaupt kein Problem.

Und Monikas Eltern? Nun, die machten eine Weltreise und meldeten sich von Zeit zu Zeit mit einer Postkarte.

Und meine Eltern, die hatten natürlich keine Weltreise gewonnen und leben zufrieden mit sich und der Welt.

Ach ja, manchmal ziehe ich für Mo und für mich immer noch gerne Nylonstrümpfe, Pumps und den engen Rock in der Wohnung an. „Au ja, bitte!"

Wir sind glücklich und zufrieden, denn wir alle zusammen sind MoNiKa

I Love MoNiKa